# KABUKICHO

DOMINIQUE SYLVAIN

# KABUKICHO

VIVIANE HAMY

© Éditions Viviane Hamy, octobre 2016
D'après une conception graphique de Pierre Dusser
© Illustration de couverture : Antoine Rozès, 2016
ISBN 978-2-87858-321-2
ISSN 1251-6961

*Sur la grève*
*J'ai beau me retourner*
*Plus de traces de pas*

Hosai Ozaki

*À Stéphanie et Thomas*

# 1

## Yudai

*Tokyo, mardi 6 octobre 2015,
5 h 15.*

Le Café Château fermait. Enfin.
Yudai raccompagna sa cliente.
Dans l'ascenseur, elle se plaqua contre lui, le regarda avec adoration, força une main sous sa ceinture et lui caressa la naissance des fesses. Les miroirs reflétèrent leurs corps multipliés.

*L'enfer ressemble à ça,* pensa-t-il. *Une boîte peuplée de milliards d'Akiko. Et moi, prisonnier de cette boîte pour l'éternité.*

– Dis-moi que je suis la seule pour toi.

La princesse des bulles en pleine crise de romantisme. Avant de venir se détendre au Café Château, elle avait satisfait du client à la chaîne dans son *soapland*. Pour rincer le savon et le sordide, il lui fallait sa dose de féerie.

Elle avait trop bu et tanguait sur ses hauts talons, il la guida vers la sortie. C'était bien son genre de jouer les prolongations. Elle avait payé une fortune pour l'avoir à elle, le plus longtemps possible. Service premium. Résultat, il avait les joues tétanisées à force de sourire et une migraine d'éléphant.

Il lui dit ce qu'elle avait envie d'entendre.

— Je suis mieux avec toi qu'avec les autres, Akiko. Tu es très féminine.

— Tu sais de quoi j'ai peur ?

— Tu n'as aucune raison d'avoir peur.

Elle s'arrimait à son bras, plantait ses ongles décorés yin et yang dans sa veste. Cette nuit, son fard à paupières scintillant lui coulait sur les joues, c'était à la fois moche et beau, et elle avait changé de couleur de cheveux. Les reflets roux accentuaient son côté femme renarde.

— Je ne suis pas sûre de supporter ça longtemps, Yudai.

— Tu parles comme si tu voulais arrêter.

— Non, mais tu n'es pas facile à avoir.

— Je suis un produit de luxe pour toi, c'est ça ?

— Ce n'est pas ce que j'ai voulu dire. Tu me connais. Si c'était trop facile, je n'aimerais pas.

— Alors tu devrais comprendre que je ne te veux pas facilement non plus.

— C'est vrai ?

— Ne sois pas puérile. Mon travail dévore mon temps. Tu le sais.

— Bien sûr, je comprends…

— Cette pression me fait perdre le contrôle et je n'aime pas ça. Impossible pour moi d'avoir une relation dans ces conditions, Akiko. Laisse le temps décider pour nous. C'est tout ce qu'on peut faire.

Toujours les mêmes arguments. Jusqu'à présent, ça fonctionnait comme une formule magique.

Blottie contre lui, elle regarda le ciel en marmonnant : « Yudai, je suis bien avec toi… » Il copia son

10

attitude. Les néons transformaient les rues en un gigantesque kaléidoscope que l'aube naissante essayait de dissoudre. Un spectacle irrésistible, mais qu'il avait vu un nombre incalculable de fois.

Il avait trouvé Kabukicho excitant, au début. Les filles sexy, les conversations délirantes, les méthodes de séduction à raffiner chaque nuit. Le quartier des plaisirs de Tokyo était un immense terrain de jeux, et il faisait partie des bons joueurs. Grâce à ce don, déchiffrer instinctivement les femmes et leurs besoins. Il savait écouter, trouver les mots, soigner leur solitude.

En peu de temps, il avait fait du Café Château un bar d'hôtes reconnu. Clientèle jeune, ambiance marrante, le fric coulait à flots. Du moins au début. Depuis quelques années, l'économie stagnait, et les effets se ressentaient jusqu'à Kabukicho où le client se raréfiait. Manque de chance, les prostituées comme Akiko et les hôtesses de bar représentaient l'essentiel de la clientèle du Café Château.

Akiko et ses copines évacuaient le stress avec les seuls hommes susceptibles de les comprendre sans les juger. Les *hôtes*. Solidarité des travailleurs du *mizu-shobai*, le business de la nuit.

Ces âmes perdues, Yudai et ses confrères en avaient la charge. Il fallait leur jouer la comédie de l'amour. Allumer les cigarettes, rassurer, complimenter, faire rire, ne jamais élever la voix, créer une intimité mais maintenir une distance. Et bannir si possible la baise pour qu'elles ne se lassent pas trop vite et aient envie de revenir. On travaillait sur le fil, entre séduction et refus de se donner. En prime, ils étaient des puits de discrétion, à qui elles confiaient leurs pensées les plus secrètes, ces confidences qu'elles ne faisaient pas même à leurs meilleures amies.

11

La routine imposait de boire. Plus que de raison. Pour faire monter la note. Chaque hôte vomissait discrètement des rivières d'alcool. Boire, vomir, boire, vomir, et alimenter les conversations et mentir. Le job était plus qu'épuisant. Il était vidant.

Yudai aida sa cliente à monter dans un taxi.

— Merci pour tout, Akiko. Tu as été fantastique avec moi cette nuit. À bientôt.

La voiture s'éloigna, il sentit son corps se dénouer. Libéré.

Il redevenait vaguement lui-même, il n'avait plus à caresser l'ego surdimensionné de cette dingue.

Parmi les habituées, Akiko était celle qu'il aimait le moins. Intelligente mais tordue, elle se prétendait prête à mourir pour lui. Son boniment n'était que manipulation. En réalité, elle voulait le posséder pour mieux le broyer, se venger sur lui de ce que ses propres clients lui faisaient endurer.

Il remonta au bar et lut ses e-mails. Kate ne s'était pas manifestée. La veille, elle avait tenté de l'appeler vers midi, sans laisser de message. Depuis, plus rien, impossible de la joindre. Ils avaient pourtant bien convenu d'aller à Hanazono. C'était devenu un rituel entre eux, plusieurs fois par semaine. Se retrouver un moment au sanctuaire shinto du quartier pour décompresser et repartir ensuite chacun de son côté, apaisés.

Il lui téléphona, écouta une fois de plus le message bilingue de son répondeur. Son accent était amusant, et touchant. Dans la bouche de l'amie anglaise, la langue japonaise si plate et tranquille prenait le grand-8.

*Pourquoi ne réponds-tu pas ? Incompréhensible.*

Il fallut compter la recette de la nuit et la mettre au coffre. Son employé lui annonça qu'ils avaient fait vingt pour cent de moins que le mois dernier, une mauvaise nouvelle mais pas franchement une surprise.

Ils étaient aussi cassés que lui, ils se quittèrent rapidement. *Mata ashita.* À demain.

En chemin vers Hanazono, il envoya un texto. « *Kate, réponds-moi. Tu as un ennui ?* »

\*

L'allée était déserte. Il jeta une pièce dans la boîte à oboles, actionna la cloche avec la corde, claqua deux fois des mains avant de les joindre pour faire un vœu.

*Je veux trouver le moyen de changer de vie...*

Il patienta sur leur banc favori en regardant mourir les lumières de Kabukicho. Il arrivait souvent à Kate d'être en retard, une habitude qui n'avait rien de japonais. Elle viendrait, elle aimait ce lieu paisible autant que lui. « *Après ces nuits enfumées, Hanazono me nettoie les poumons et l'esprit, Yudai.* »

Elle était la seule à qui il pouvait se confier, être lui-même. Avant de la rencontrer, il lui arrivait parfois de ressentir un trouble profond. Qui était ce gars nommé Yudai qui vivait dans la même peau que lui ? À force de cacher sa personnalité pour ne jamais décevoir ses clientes, il n'était plus sûr d'exister.

Il n'avait pas oublié la date de leur rencontre. Le 3 mars, jour de la fête des Poupées.

Elle avait débarqué au Café Château, avec un air décontracté, avait demandé qu'il soit son hôte. Les premières minutes, il avait été déstabilisé. D'abord parce qu'elle était séduisante. Aussi grande que lui, une épaisse chevelure blonde du genre indomptable, un visage triangulaire mangé par de grands yeux bleus.

13

Discuter dans un japonais de cuisine avec une étrangère n'était pas un sport facile, mais elle l'avait surpris. Son japonais était excellent, et elle avait accaparé son attention. Les rôles s'étaient inversés. Yudai le baratineur avait été séduit par Kate la conteuse.

Elle aimait Hina Matsuri, ce moment où, une fois l'an, on ressortait des placards pour les exposer sur de petites estrades des poupées représentant la cour impériale de l'ère Heian. Le rite shinto attribuait à ces figurines transmises de génération en génération la faculté d'absorber les malheurs des vivants durant six mois. « *J'aimerais croire en leur pouvoir, Yudai.* » Elle connaissait la coutume en détail et la trouvait « poétique ».

Kate, cultivée, drôle, et sans prétention. Une dévoreuse de bouquins.

Après une demi-heure, il déclara forfait. Son amie avait eu un empêchement, ils se verraient une autre fois.

Le jour gagnait la partie. Il quitta le sanctuaire.

Dans le taxi, il lutta pour garder les yeux ouverts. Quelques minutes encore et il pourrait s'écrouler sur son lit.

# 2

## Marie

— Je te sers un verre, Marie ?

— Non, merci.

La *mama-san* se débarrassa de ses escarpins, s'accorda une rasade de single malt et alluma une blonde avec volupté. Pas de fume-cigarette. Les clients partis, on freinait sur la sophistication.

— Je suis contente qu'on ait un peu le temps de parler, ma chérie.

— Moi aussi, Sanae.

Aujourd'hui était à marquer d'une pierre blanche, Marie pénétrait dans le bureau de la patronne. Une bulle de fumée et de confidences. Jusqu'à présent, ce privilège était réservé à Kate. Après la fermeture du bar, elle était la seule que la *mama-san* invitait à bavarder ou à regarder un film.

Bien sûr, Sanae avait une idée en tête.

— C'est bien la première fois que Kate ne vient pas travailler. Tu sais pourquoi ?

— Non, hier, elle était comme d'habitude.

Kate Sanders était l'hôtesse la plus populaire du Club Gaïa et de sa fidèle clientèle, des types plus très frais exerçant des professions libérales ou profitant

15

d'une retraite confortable. Ils appréciaient son physique, son élégance sobre, sa vivacité. Diplômée d'une université londonienne, elle pouvait parler jazz ou opéra pendant des heures et était suffisamment décontractée pour écouter les soi-disant mélomanes lui poser des questions glauques. Lui arrivait-il de péter pendant l'orgasme ? Aimait-elle coucher avec plusieurs partenaires ? Pratiquait-elle le sexe anal ? Son sens de la repartie la tirait des pires situations. Et elle survivait très bien au cauchemar de chaque hôtesse de bar, l'emmerdeur vous assommant avec ses exploits au golf.

Marie raconta qu'elle l'avait vue la veille, vers midi, dans le studio qu'elles partageaient en banlieue ouest. « À ce soir, au club », avait-elle lancé sans préciser où elle se rendait. Rien ne laissait deviner qu'elle ferait faux bond à ses adorateurs.

Sanae semblait secouée. Marie éprouva une once de jalousie, elle aurait apprécié que quelqu'un s'inquiète pour elle.

— Tu es sûre qu'elle n'a pas d'ennuis ? Travailler la nuit et dormir le jour, c'est difficile. Kabukicho, c'est un monde à part. Parfois, les filles se droguent pour tenir le coup.

— Ce n'est pas son cas. Je m'en serais aperçue.

— Elle a peut-être eu un *dohan* qui a duré plus longtemps que prévu, non ?

— Kate ne m'a pas parlé de ça.

Les *dohan* étaient les rendez-vous extérieurs avec les clients, généralement au restaurant, que les hôtesses étaient encouragées à accepter. Une façon pour le bar de fidéliser sa clientèle et d'évaluer ses employées. Kate était aussi douée pour ça que pour le reste. Les invitations pleuvaient. Elle gardait ses prétendants à distance tout en leur donnant l'impression qu'ils étaient d'extraordinaires séducteurs.

Sanae chassa la cendre de cigarette qui souillait sa robe-fourreau noire. Visage fripé, mains aux veines saillantes, elle approchait de la soixantaine, mais se travestissait chaque nuit en Audrey Hepburn dans *Diamants sur canapé*. Tiare, avalanche de perles et le fameux fume-cigarette.

Son inquiétude était presque palpable. La *mamasan*, paradoxe monté sur pattes, gérait son business avec rigueur mais avait des accès de tendresse pour « ses filles ».

C'était toujours elle qui fermait le Club Gaïa après le départ de la dizaine d'hôtesses et du barman. Elle habitait un beau quartier, mais Marie la soupçonnait de dormir assez souvent dans son bureau de Kabukicho, abrutie d'alcool, de rêves et de secrets. Vivait-elle seule ? Si quelqu'un le savait, c'était encore et toujours Kate, l'unique employée à faire rire la patronne de bon cœur. Une prouesse, car Sanae était la mélancolie faite femme.

– Je te préviendrai dès que j'aurai des nouvelles, d'accord ?

– Merci, Marie.

*

Elle pénétra dans la gare de Shinjuku. La plus vaste du Japon et sans doute de la planète, d'après Kate. Marie se souvint d'avoir ressenti une peur mêlée d'excitation dans ce labyrinthe où se croisaient des millions d'inconnus. Aujourd'hui, les marées humaines ne lui faisaient plus d'effet.

Elle patienta sur le quai de la ligne Chuo à côté de

17

deux *salarymen* en costumes sombres et impers beiges qui discutaient de leur entreprise. Leurs mornes propos meublaient le vide, pourtant ils avaient l'air de vivre un bon moment. Règne des apparences, échanges de politesses à n'en plus finir. Les belles manières des petites abeilles pour huiler les mécanismes de la ruche.

À son arrivée, trois ans auparavant, elle nageait dans un océan sonore incompréhensible. Aujourd'hui, elle parlait le japonais même si elle le lisait difficilement. Comprendre la langue lui facilitait la vie, mais elle ne comprenait toujours pas ce pays. Elle restait une *gaijin*, une étrangère à laquelle les codes sociaux échappaient.

*J'aimerais avoir ton aisance, Kate.*

C'était peut-être atteignable avec de la pratique. Et de l'obstination. Une obstination de la taille du mont Fuji.

Elle prit le rapide pour Nakano.

La vitre du train lui renvoya son reflet. Sur les conseils de sa colocataire, elle avait teint ses cheveux châtains en blond. Elle aimait le résultat, se trouvait plus vivante, avait gagné en aisance avec les clients.

Kate, l'amie toujours de bon conseil. Elles s'étaient rencontrées dans un pub fréquenté par des expatriés. Marie cherchait modestement une place de serveuse. Kate, déjà employée au Club Gaïa, lui avait proposé de la présenter à Sanae. « Hôtesse, ça paie bien mieux que barmaid et c'est plus amusant, on apprend beaucoup. » La *mama-san* avait confiance en Kate et avait engagé Marie sans hésiter.

Dans de nombreux bars de Kabukicho, les employées cédaient aux avances des clients, mais le Club Gaïa était un lieu hors du temps, un établissement à l'ambiance familiale. Coucher n'était pas une obligation, loin de là. Les hommes venaient ici au théâtre de la séduction. Les hôtesses jouaient aux idiotes et leur massaient l'ego. Ils se soulageaient de leurs frustrations diverses en se rengorgeant comme des paons, le temps d'une soirée. Ensuite, rideau, chacun rentrait chez soi.

Elle consulta ses e-mails. Sa compatriote, Mathilde, directrice du Bureau du Livre, avait lu son manuscrit.

*« Votre roman est excellent, Marie. Bravo. Je vous trouverai sans difficultés un éditeur en France. À très bientôt pour un rendez-vous. »*

Le train arrivait à Nakano.

Sourire aux lèvres, Marie virevolta sur le quai. Elle avait bien mérité une valse, ce soutien officiel était une grande nouvelle.

Elle fut vite chez elle. À deux pas de la gare, coincé entre un réparateur de vélos et une minuscule poissonnerie, son immeuble avait tout d'une prison déglinguée avec son crépi craquelé et ses fenêtres en forme de meurtrière, mais c'était un bon refuge dans cette ville démesurée.

Elle se déchaussa dans l'entrée du studio, mesura un instant le fouillis. Les robes de sa colocataire gisaient sur les tatamis comme des fleurs assoiffées, son futon n'était pas roulé dans le placard, le sèche-cheveux encore branché dans la prise évoquait la carcasse d'un mammifère mort. Dans un si petit espace, le laisser-aller prenait vite des proportions bibliques, mais Kate s'en foutait. Chacun admirait sa classe, personne ne soupçonnait son côté bordélique.

*Moi, je déteste le désordre. Depuis toujours ou depuis ma dernière famille d'accueil ?*

La mère adoptive de Marie était une femme Tampon

Jex, rugueuse, centrée sur l'hygiène, mais qui avait au moins énoncé un bon principe dans sa vie : « Être ordonné permet d'avoir l'esprit libre. »

Le rangement terminé, elle s'assit sur les tatamis, ordinateur sur les genoux.

C'était magique qu'une si petite machine contienne un univers entier. Celui de *La Cité des mensonges*.

Son premier roman, poli comme un galet.

Il faudrait qu'elle l'ait intégralement relu avant son rendez-vous avec Mathilde.

Elle cliqua sur le fichier.

« L'été de mes 21 ans, je suis devenue un surgelé.

Un mauvais génie m'a rangée dans un étui sous vide. Glaciation et immobilité, la moindre particule de vie et d'espoir a été aspirée.

Avant cela, j'avais enchaîné les petits boulots, encaissé un échec sentimental, creusé la distance avec mes amis.

Mon cœur vieillissait à toute allure ; j'avais assez d'imagination pour savoir que cela finirait mal.

Mon frère pensait que n'importe quelle méthode serait bonne pour me tirer de là ; mes parents me répétaient que j'avais besoin d'un électrochoc.

La révélation vint de la relecture d'un vieux manga au trait somptueux. *Akira*, de Katsuhiro Otomo, racontait les aventures d'une bande d'enfants mutants dans un Tokyo apocalyptique. L'histoire, aussi attirante qu'inquiétante, me donna l'envie de me rendre au Japon.

Pourquoi n'y avais-je pas pensé plus tôt ?

Partir, voilà ce que je devais faire.

Partir vers un ailleurs absolu où fondraient mes derniers repères. Alors, peut-être, pourrais-je me retrouver.

J'avais de quoi m'offrir le billet d'avion, mais, une fois sur place, il me faudrait un moyen de subsistance.

Sans diplôme ni talent particulier, ma seule option était de devenir hôtesse de bar.

Sur le Net, tous les témoignages concordaient : Tokyo était la ville la plus sûre de la planète, on s'y débrouillait en baragouinant un japonais approximatif et les bars à hôtesses avaient peu à voir avec leur version occidentale. Il me suffirait d'écouter les clients me raconter leur vie… »


Elle s'étira jusqu'à ce que ses muscles lui rappellent à quel point elle était vivante.

Mathilde trouvait son texte *excellent*. Mathilde allait l'aider.

Le monde était à conquérir.

# 3

## Yudai

Une cascade. La sensation sur sa peau, extraordinaire. Il revivait.

Un nuage glissa de la montagne, le tonnerre gronda. Risque maximal d'électrocution, tant pis, il était heureux sous cette eau revigorante…

Yudai se redressa dans son lit. La sonnette de l'entrée. Des coups violents contre la porte.

— OUVRE! JE SAIS QU'T'ES LÀ, FILS DE PUTE.

La voix de Namba, collecteur pour le clan Itami, une réputation de psychopathe entièrement justifiée. Le Café Château appartenait au Boss Itami et Yudai était passé par lui pour le financement de son appartement.

Les yakuzas étaient tout sauf des types patients.

Il alla ouvrir. L'enfoiré lui souffla la fumée de sa cigarette au visage. Il avait vu trop de films qui glorifiaient les types dans son genre.

— Deux mois de retard, Ducon. Y'a écrit *société de bienfaisance* sur ma carte de visite?

Voix caverneuse, corps massif, la moitié du visage paralysée depuis son accident de scooter, Namba était un sumo retraité, mais se considérait encore comme un demi-dieu.

– Je paierai. C'est juste que les affaires ont ralenti.

– Tu crois qu'tu m'apprends quelque chose ?

Namba entra et fit le tour des lieux avec la grâce d'un tractopelle.

– Tu t'emmerdes pas. Super déco, mon salaud.

Sa grosse patte avait agrippé un bouquin.

*L'un de ceux que Kate m'a offerts.*

Il fit mine d'en lire un passage, jeta le livre, partit d'un rire d'ogre, recommença le même manège une dizaine de fois. La pierre verte de sa bague massive jouait avec la lumière.

– T'as acheté ça aux puces pour t'donner un genre intello ? Ça épate les nanas entre deux parties de jambes en l'air ? Hein, dis-moi.

– Je ne veux épater personne. J'aime lire, c'est tout.

La réponse déplut au néandertalien. La partie de sa gueule encore en vie encaissait une attaque de tics.

*Ça va dégénérer.*

– Au lieu d'lire, tu f'rais mieux d'apprendre à compter. Comme ça, tu gérerais mieux le bar du Boss et t'aurais pas de dettes.

Il fonça comme un Scud, agrippa l'avant-bras de Yudai, y écrasa son mégot. Yudai ravala un cri. Le yakuza le saisit à la gorge, sortit de la cordelette de sa poche, le ficela aux barreaux du lit. Yudai convoqua les visages des seuls êtres qu'il aimait vraiment, son fils, son père et Kate. Ça l'aiderait à encaisser.

Namba brandit un Taser, fit mine d'hésiter, lui appliqua sur le cou.

La douleur propulsa Yudai en apesanteur.

Il s'arc-bouta en hurlant. Son cœur allait éclater.

Il se raisonna.

Ce n'était pas la première fois qu'il se prenait une raclée. Logiquement, les yaks n'avaient aucun intérêt à l'amocher, il était leur outil de travail.

— Je réglerai ce que je vous dois. Je l'ai toujours fait, non ? Accorde-moi un délai.

Namba pressa le Taser sur ses testicules. Ses yeux brillaient. Il aimait ça, ce cinglé.

— Une semaine. Pas un jour de plus. Tu percutes ?

— Lâche-moi. Je t'entends très bien.

— T'as oublié d'être poli. Grosse erreur, Ducon.

Il actionna le Taser.

Yudai plongea dans une mer de verre pilé. Sa tête heurta les barreaux du lit, il perdit connaissance.

*

Une éternité plus tard, une sirène d'ambulance mugit dans le quartier et le ramena à la vie.

Le cinglé l'avait libéré de ses liens avant de disparaître. Recroquevillé, il attendit que la douleur se dissipe. Un liquide chaud humectait sa bouche. Ses doigts ramenèrent du sang. Il s'était mordu la langue en s'évanouissant.

*Saloperie de yak.*

Il tituba jusqu'au réfrigérateur, mit des glaçons dans un sac en plastique, se l'appliqua sur l'entrejambe. Deux états se disputaient le contrôle de son cerveau. Le désarroi. L'épuisement.

Il lui fallait une solution pour sa dette.

Akiko accepterait sans hésiter de lui faire un prêt, mais ensuite, il serait sa chose. Quant à Eri, la mère de son fils, hors de question de lui demander l'aumône, même si elle était à l'aise financièrement. Elle s'était toujours comportée comme une salope intégrale.

Kate? Sa mère lui avait fait une donation récemment, elle gardait cette somme pour le jour où elle rentrerait en Angleterre. Non, impossible. Elle était sa seule amie, il n'y aurait jamais d'histoires de fric entre eux.

La douleur desserrait un peu ses griffes. Il prit de l'aspirine et un somnifère. Il lui fallait dormir, sinon il deviendrait fou.

# 4

## Marie

« Malgré mes cours de japonais, kanji et conversations demeuraient indéchiffrables, mais cette plongée dans le mystère était exactement ce qu'il me fallait.

Une infinité de criquets malaxaient l'air poisseux de l'été; l'idée que leur chant obsédant résonnât au cœur d'une cité gigantesque me plut. Ce qui me plut davantage fut de réaliser que ce détail n'aurait pas retenu mon attention auparavant.

Mon intuition m'avait désigné la voie. J'avais échappé à la congélation sous vide. J'existais.

On m'avait annoncé de la laideur. « *Rasée pendant la guerre, Tokyo a été reconstruite n'importe comment… Ses voies express surélevées sont des cicatrices de béton… Une mégalopole étouffante…* »

J'ai perçu sans effort la beauté dans le chaos apparent.

En réalité, cette ville s'agence de manière organique. On s'y faufile à l'instinct; on y retrouve toujours son chemin. Gigantesque et incohérente, Tokyo, malgré ce qu'elle donne à voir, est plus humaine que nos cités occidentales tracées au cordeau... »

Téléphone. Marie interrompit sa lecture de mauvaise grâce.

Un homme, qui s'exprimait en anglais, d'une voix énergique et insistante. Jason Sanders, le père de Kate, appelait de Londres.

– Désolée, elle est absente.

Il la pressa de questions. Elle admit être la colocataire et collègue de Kate.

– Vous êtes prof ?

– Non, hôtesse de bar.

– Attendez... Kate m'a dit qu'elle gagnait sa vie en donnant des cours d'anglais.

La vérité en pleine figure. Douloureux.

Elle affirma qu'au Japon les hôtesses se contentaient de faire la conversation.

– N'essayez pas de me ménager. Ma fille se prostitue, c'est ça ?

– Je vous jure que non. C'est une différence culturelle bizarre, mais...

Il l'interrompit brutalement.

– Kate m'a envoyé une photo d'elle, sur mon téléphone portable, il y a plusieurs heures. Je suis mort d'inquiétude !

– Pourquoi ?

– Sur cette photo, elle a les yeux fermés. Elle est peut-être endormie...

– Qu'est-ce que vous voulez dire exactement ?

– Qu'elle pourrait être évanouie ou morte. Voilà ce que je veux dire.

– Écoutez...

– Elle a utilisé son mobile, j'ai reconnu son numéro. J'ai essayé de la rappeler, elle ne répond pas. C'est la première fois qu'elle me fait ça.

– Je ne sais pas quoi vous dire…

– Ça fait des heures que j'appelle ce numéro.

– Oui, c'est la ligne fixe de notre domicile. Je viens de rentrer…

– La photo a été prise par quelqu'un d'autre. Et il y a une phrase en japonais.

Il proposa de lui transférer le tout, elle lui communiqua son numéro.

Marie vit bientôt l'image de Kate apparaître sur l'écran de son smartphone. Pâle, yeux clos, longs cheveux blonds en corolle, bras le long du corps.

Paisible. Endormie.

Force était de constater qu'elle n'avait pas pu se photographier elle-même. « *Kanojo wa koko de nete imasu.* » Marie traduisit la phrase sans difficulté. *Elle dort ici.*

– Ça n'a aucun sens. Quand l'avez-vous vue pour la dernière fois ?

– Hier midi.

– Elle vous a dit où elle allait ?

– Non.

– Elle a un petit ami ?

– Pas à ma connaissance. Et la nuit passée, elle ne s'est pas présentée au travail. Ça n'était jamais arrivé.

Il la supplia d'appeler les hôpitaux. Il fallait vérifier si Kate était aux urgences.

– Mais il y a sans doute une autre explication, monsieur Sanders…

– On n'était pas dans les meilleurs termes ces dernières années, mais jamais Kate ne m'a joué un sale tour. Elle est trop franche. Quelque chose cloche, et je prendrai le premier avion si nécessaire. En attendant, il faut que vous m'aidiez, Marie.

*Il faut.* Un ton plus impérieux qu'inquiet.

Elle n'avait jamais apprécié qu'on lui donne des ordres. Épuisée, elle aurait voulu prendre un bain. Mais elle savait que c'était impossible. Cet homme avait vraiment besoin de son aide. Elle accepta.

Sanders annonça qu'il la recontacterait dans une heure.

*

– Allô ? Vous avez des nouvelles ?
– Votre fille n'est enregistrée dans aucun hôpital.
– Vous en êtes certaine ?
– J'ai téléphoné partout.
– Qui fréquente le Club Gaïa ? La pègre ?
– Rarement.
– Ils ne sont pas les propriétaires ?
– Je ne sais pas exactement. Ils ne viennent que pour collecter leur dîme, boivent un verre vite fait et s'en vont. Notre bar est tranquille. Pour passer du bon temps, les yakuzas préfèrent les établissements plus...
– Plus quoi ?
– Plus chauds.
– Admettons. Et qui sont vos clients, alors ?
– Des gens inoffensifs...
– Les gens sont inoffensifs jusqu'au jour où ils ne le sont plus. Il faut que vous alliez à la police, Marie.
– Mais...
– Kate a pu être agressée. Chaque minute compte.
– Oui, bien sûr...
– Je serai à Tokyo dès que possible.

29

Il lui fit promettre de se rendre au commissariat, voulut son adresse et celle du bar.

Elle accepta puis raccrocha, agacée.

Le caractère de Jason Sanders correspondait à la description de Kate. Autoritaire et énergique, il n'imaginait pas qu'on vive sur un autre rythme que le sien. Passionné de courses automobiles, il possédait un garage en banlieue de Londres. C'était en traversant les États-Unis, au volant d'un convertible Cadillac, qu'il avait rencontré la mère de Kate avant de l'épouser puis de l'emmener en Angleterre. L'union s'était soldée par un divorce à l'adolescence de Kate. À partir de là, le père avait délaissé sa fille.

Il essayait de rattraper le temps perdu. Un peu tard pour ça.

Le soleil pilonnait la fenêtre. Marie entendit le crissement strident du train sur la voie ferrée toute proche. Elle arrivait toujours à faire abstraction du bruit et à dormir en pleine journée. Mais aujourd'hui, elle ne dormirait pas. Il fallait porter secours à son amie. Elle regarda la photo numérique envoyée par Jason Sanders. Kate, l'air si paisible. Une « belle endormie » comme dans le roman de Kawabata. Elle ne l'avait pas lu, mais Kate lui avait raconté l'histoire en long et en large. Quand l'amie anglaise aimait quelque chose, ça virait à l'obsession. Et ce bouquin lui avait enflammé le cerveau.

« *Ça n'a aucun sens. Quand l'avez-vous vue pour la dernière fois ?* »

Elle éprouva le besoin de revoir la photo de sa maman. La vraie, Hélène.

Elle ouvrit la jolie boîte en tissu achetée à Ginza et observa le Polaroïd. Sa mère, adolescente, cheveux bouclés, visage doux, allongée dans un pré, riant les yeux fermés. Moment parfait, instant de bonheur suspendu. Mais les couleurs s'étaient ternies.

Le temps dissolvait la beauté et tout ce qui avait un sens et rendait heureux. L'image d'Hélène ne survivrait pas à l'acidité des jours.

Elle retourna à la gare. Dans le train à destination de Shinjuku, la foule enfla lentement, de station en station, comme un seul organisme s'empiffrant avec méthode. Elle regrettait de ne pas avoir pris un taxi. Ses horaires de travail décalés lui permettaient habituellement d'éviter la cohue et la froide apathie des passagers du matin. Ces hordes partant travailler dans un silence de mort lui donnaient envie de hurler.

Elle se concentra pour retrouver son calme.

La rudesse de Sanders et le manque de sommeil ne l'abattraient pas. Elle resterait stoïque.

\*

Le commissariat central était un building compact au cœur du quartier le plus dense en gratte-ciel. Kate affirmait que cette zone ne chevauchait aucune faille tectonique. Les promoteurs s'étaient fait plaisir en bâtissant de grandioses tours de verre et d'acier, les techniques parasismiques japonaises étaient soi-disant les meilleures. Marie n'y croyait pas. Elle avait lu les déclarations d'un séismologue qui annonçait la survenue, dans les quatre prochaines années, d'un tremblement de terre majeur sur Tokyo, aussi dangereux que celui qui avait fauché cent cinquante mille vies au début du XX$^e$ siècle.

Quatre ans de sursis, c'était tout ce dont elle disposait. Il ne fallait pas s'attarder dans cette ville. Elle n'avait pas encore décidé de sa prochaine destination.

31

L'Australie, peut-être. Kate lui avait parlé de la douceur de vivre à Sydney. L'Australie aussi était un pays à risques en matière de séismes, mais dans une bien moindre mesure que le Japon.

Elle observa le panneau de photos en noir et blanc. Des criminels recherchés. Leurs expressions de sauriens affamés tranchaient avec le sourire idiot de Pipokun, la mascotte de la police japonaise collée sur la façade, un croisement ridicule entre une souris et un lutin coiffé d'une antenne bleue.

À l'accueil, elle annonça qu'elle souhaitait déclarer une disparition. On lui fit traverser un hall empli de bureaux gris occupés par des policiers en chemise blanche qui avaient tous retroussé leurs manches.

Elle s'était retrouvée dans des commissariats, en France. Plusieurs fois. Souvenir lointain, elle avait oublié le décor. Elle ne se souvenait que des intonations dures de ces hommes qui n'éprouvaient plus rien parce qu'ils en avaient trop vu.

On l'installa dans une pièce sans fenêtre, on lui servit du thé vert. Elle patienta peu de temps avant l'apparition d'un duo de flics.

Le vétéran était un quinquagénaire placide. Lunettes à bordure métallique, costume sombre, pas de cravate, petite bedaine. Une cicatrice sillonnait sa tempe gauche et poursuivait sa route vers le crâne, dissimulée par ses cheveux plutôt longs pour un officier. Le plus jeune était mince et tendu. Sa chevelure courte et drue, travaillée au gel, lui donnait une tête de hérisson en pétard.

– Content de vous rencontrer, commença le plus âgé. Je suis le capitaine Kentaro Yamada, et voici mon adjoint, le lieutenant Hoshi Watanabe.

32

Le prénom suivi du nom, une présentation à l'occidentale par politesse.

– Je m'appelle Marie Castain. Merci de me recevoir.

– De quel pays êtes-vous originaire ?

– De France.

– Vous parlez très bien japonais.

– Merci, mais non, pas vraiment.

L'humilité qui adoucit les rapports. Toujours sourire, toujours se rabaisser. Marie connaissait la chanson.

Ils s'assirent face à elle. Le lieutenant se tint en retrait, elle n'avait pas encore entendu le son de sa voix.

– Kate Sanders, ma colocataire, ne donne plus signe de vie depuis hier midi. Elle a découché. C'est inhabituel. Son père m'a demandé de vous contacter.

Hochant la tête, le capitaine l'invita à poursuivre, l'air aussi calme qu'un étang de campagne. En revanche, son subordonné était définitivement du genre hargneux. Son regard la mettait mal à l'aise.

Elle leur fit part des inquiétudes et des questionnements de Jason Sanders, leur montra la photo et le message qu'il avait réceptionnés sur son portable. Elle eut droit aux questions de routine : Kate avait-elle des amants, se droguait-elle, fréquentait-elle les yakuzas dirigeant les bars ? Comme elle répondait par la négative, le lieutenant entra dans la danse à son tour. Il se donnait l'air coriace et Marie lut en lui une forte ambition.

– Comment était-elle habillée lorsque vous l'avez vue la dernière fois ?

– Comme sur la photo. Son blouson de cuir favori, sa robe bleue à fleurs.

– Elle s'est préparée comme pour un rendez-vous ?

33

— Oui, je crois. Elle a essayé plusieurs tenues, a pas mal hésité. Elle a même laissé ses robes pêle-mêle sur les tatamis.

— Vous pensez qu'elle avait rendez-vous avec un homme ?

— Je n'en sais vraiment rien. Mais elle a fait un effort particulier pour être séduisante, c'est certain. Habituellement, ses journées, elle les passe en jean et T-shirt.

Le capitaine voulut savoir si le téléphone contenait également des photos « plus normales » de Kate, qu'on pourrait imprimer et montrer à des témoins éventuels. Marie lui confia son smartphone et le suivit des yeux tandis qu'il quittait la pièce.

Le lieutenant se redressa et écarta les bras pour agripper les bords du bureau. Il semblait profiter de l'absence de son boss pour s'approprier l'espace.

— Votre amie, elle est jolie… Elle a forcément un amant.

— Non, sinon elle me l'aurait dit.

— Pourtant, vous dites qu'elle avait rendez-vous avec un homme…

— C'est vous qui le dites.

Il la dévisagea. C'était inhabituel. Dans ce pays, les échanges de regards entre inconnus étaient bien plus brefs qu'en Occident, sauf avec les vieux, libérés des obligations sociales. Marie avait mis du temps à s'y faire. Ici, les regards coulissaient plus vite que les cloisons de papier. Pas celui du lieutenant Watanabe.

# 5

## Yamada

Watanabe cuisinait toujours la jeune femme avec énergie, mais elle gardait son sang-froid malgré la fatigue qui creusait ses traits. Yamada reprit sa place et écouta leur échange.

– C'est bien la première fois qu'elle découche depuis que vous partagez un logement ?

– Oui. Après ses *dohan*, elle rentre toujours à Nakano. Elle n'a jamais eu de liaison avec un client.

– C'est possible ? demanda le lieutenant avec un sourire narquois.

– Bien sûr.

– Elle n'a vraiment personne dans sa vie ?

– Elle n'avait pas de petit ami, si c'est ce que vous voulez dire.

– Vous lui connaissez des fréquentations en dehors de vous ?

– Elle voit régulièrement Yudai. Il dirige un club d'hôtes.

Yudai. Le gérant du Café Château, un établissement récent qui plaisait à une jeune clientèle. Yamada voyait très bien de qui il s'agissait.

– Son amant ? insista Watanabe.

– Je vous répète que non.

– Vous en êtes vraiment sûre ?

– Kate m'a dit qu'il n'y avait rien entre eux à part une solide amitié.

– Faites un effort. Vous affirmez qu'elle s'est habillée de manière séduisante, c'est certainement pour un homme. Et si elle ne fréquente personne, à part Yudai…

– Kate ne me raconte pas sa vie en détails. Elle a un jardin secret.

*Jardin secret.* L'expression plut à Yamada. L'étrangère était très posée pour une Occidentale et s'exprimait décidément dans un japonais assez satisfaisant. Elle avait des cheveux blonds ondulés mais des yeux sombres, d'épais sourcils en forme de croissants au beurre, un nez plutôt fort, des dents régulières et un teint de sportive. Dernier point qui n'était guère logique car elle travaillait elle aussi comme hôtesse de bar à Kabukicho. Yamada savait qu'on y croisait surtout des gens aux visages blêmes et à l'hygiène de vie déplorable.

En fait, cette jeune Marie ressemblait plutôt à ces skieuses musclées qui dévalent les Alpes suisses ou françaises à la télévision. Mais après tout, il ne s'était jamais aventuré sur une piste et la télé déformait pas mal la réalité.

Pendant que Watanabe tenait compagnie à la *gaijin*, il avait téléchargé et agrandi la photo de Kate Sanders sur son ordinateur. L'heure était indiquée. Cette photo avait été prise hier, à 14 h 47. Il n'aimait pas le résultat. Peau trop pâle, yeux clos, bras le long du torse, elle était allongée à même le sol. On distinguait de la terre, de l'herbe.

La jeune Anglaise était-elle endormie ou morte ? On pouvait légitimement se poser la question.

36

Le contraste était saisissant avec d'autres photos prises par Marie. Kate prenait la pose en souriant, d'un air franc et décidé. Yamada avait imprimé celle où son visage était le mieux éclairé.

Le plus déplaisant était la courte phrase envoyée au père. « Elle dort ici. » Yamada ne parvenait pas à fixer ce qu'il ressentait, mais ce n'était pas la première fois qu'il lisait ou entendait ces mots.

De même, il concevait mal qu'une jeune adulte, ayant des relations épisodiques avec son père, lui transmette de Tokyo à Londres une photo et un message pour le moins énigmatiques, voire inquiétants. Jason Sanders avait d'ailleurs déclaré à Marie que sa fille ne lui avait « jamais joué de sale tour ».

– D'après vous, pourquoi Kate fréquentait-elle Yudai ? reprit-il.

– Au début, parce qu'il l'intriguait.

Rien d'étonnant. Le lascar était beau gosse avec son nez d'Indien, ses pommettes ciselées et sa coupe de cheveux sophistiquée. S'il était causant avec ses clientes, il l'était moins avec la police. Mais lors de leurs courts échanges, Yamada avait été surpris. Il soupçonnait Yudai d'être nettement plus intelligent qu'il ne souhaitait le laisser paraître.

– Expliquez-moi.

– En Europe, les hommes qui exercent le métier de Yudai n'existent pas.

– Ah, vraiment ?

– Certains se font payer, oui, mais en échange de prestations sexuelles. En France ou en Angleterre, personne ne vous paie pour se contenter de discuter avec vous.

– Kate a peut-être couché avec Yudai, insista Watanabe. Ça arrive avec les hôtes. Ils aiment beaucoup l'argent.

– Yudai est gérant de bar. C'est une star parmi les hôtes. La piétaille couche mais pas les stars.

– Vous croyez vraiment qu'on se lasse de ça ? ricana Watanabe.

– Demandez-lui vous-même. Désolée ne pas pouvoir vous aider.

Elle avait haussé les épaules, ne sachant visiblement rien de plus que ce qu'elle affirmait.

– Donc, au début, votre amie voyait Yudai parce qu'il l'intriguait, mais ensuite, leur relation a changé, résuma Yamada. Vous pouvez préciser ?

– Oui, ils se sont rendu compte qu'ils avaient des points communs et se sont vus en dehors du *mizu-shobai*. Ils passent du temps ensemble.

– Vous le connaissez ?

– Un peu.

– Pourquoi « un peu » s'il est séduisant ? rétorqua Watanabe.

– Parce que Kate préfère le voir seule. La plupart du temps.

– Mais il n'est pas son amant, c'est bien ça ?

– Oui, c'est bien ça.

Watanabe demanda si elle avait essayé de joindre son amie. Elle confirma et précisa qu'elle avait entendu à chaque fois le message de son répondeur. Il semblait déterminé à poursuivre l'interrogatoire jusqu'à ce qu'elle s'écroule de fatigue, et Yamada lui laissa la bride sur le cou. Son jeune adjoint était du genre hyperactif. Il trouvait le courage de faire du jogging autour du Palais impérial et ses performances au club de kendo de la police étaient assez impressionnantes. Il fallait donc qu'il s'ébroue pour rester en forme et opérationnel. Secoué par cette impétuosité, Yamada avait eu quelques difficultés à s'acclimater, mais un équilibre s'était établi entre eux.

Le lieutenant voulait grimper vite en grade. Le capitaine savait qu'en ce qui le concernait il avait atteint le sommet. Sa carrière, il la finirait à Kabukicho, où il avait toujours travaillé hormis ses six mois passés dans le coma. Malgré ces divergences, leur duo fonctionnait sans trop de tensions.

Yamada était policier depuis près de trente ans. Son expérience et son instinct lui annonçaient un avis probable de tempête. Les affaires impliquant des *gaijin* n'étaient jamais de bonnes nouvelles.

Et puis il y avait cette résonance.

Cette résonance du passé dans sa mémoire endommagée. *Elle dort ici.* C'était par là qu'il fallait commencer.

La jeune fille consulta son smartphone et annonça un texto de Jason Sanders. Il prendrait le vol de 19 heures et arriverait à Tokyo demain vers 16 heures. Yamada la remercia et précisa qu'il se tiendrait à la disposition du père de Kate dès son arrivée.

Le lieutenant prit ses coordonnées et la raccompagna.

Le capitaine médita un instant dans le petit bureau sans fenêtre puis se rendit aux archives. En chemin, il s'imagina avec un tuba plongeant dans la mer des informations.

*

Yamada fut chaleureusement accueilli par l'archiviste. Il était venu si souvent le consulter après sa *résurrection* qu'ils s'étaient liés d'amitié. Son coma ayant avalé une partie de ses souvenirs, il n'avait eu d'autre choix que de se rendre jour après jour aux archives pour réviser ses anciennes affaires. Relire ses propres comptes rendus, les bilans des experts, les minutes des procès avait été une tâche fastidieuse, mais c'était ça ou rendre son insigne et se retrouver gardien de banque ou de parking. Très peu pour lui.

Il avait donc travaillé comme un étudiant, avec méthode et acharnement. En journée il assurait son travail au commissariat, la nuit il revisitait son passé. C'était un passage obligé, comment fonctionner sans les visages, les noms, les faits ? Comment rapprocher, comparer des affaires, reconnaître les modes opératoires ? Personne n'avait besoin d'un enquêteur amnésique.

Il avait eu deux vies. Avant et après l'agression. Disparu le capitaine qui possédait une connaissance profonde du monde clos du *mizu-shobai*. Envolé l'officier bien noté, consulté par ses jeunes collègues comme une mémoire vivante. Le nouveau Yamada était né il y a cinq ans, lorsqu'une balle lui avait traversé le crâne. Il avait échappé de justesse à la mort. Le tireur, un trafiquant de drogue chinois, était soûl comme un bœuf de Kobe. Yamada se répétait souvent que si cet homme avait été sobre il ne serait plus de ce monde. Les médecins l'avaient plongé dans un coma artificiel, il en était ressorti amputé d'une partie de sa vie. Plutôt que de se contenter d'une rééducation physique, il était parti à la reconquête de son cerveau.

La perte relative de ses facultés de concentration imposait de développer d'autres méthodes, notamment d'écouter ce que lui susurrait le vent du passé. C'était ténu, il fallait tendre l'oreille, prendre son temps. Il avait appris la patience. Évidemment ses collègues

40

le chambraient au sujet de sa lenteur, aucun novice ne venait plus le consulter et sa hiérarchie ne lui accorderait jamais plus de promotion. Il réfrénait mal son agacement parfois, mais dans l'ensemble, s'estimait chanceux. Le nouveau Yamada était vivant et fonctionnait aussi bien que possible.

Il avait un plan en tête. Se documenter sur les agressions concernant des étrangères. L'archiviste lui donna ce qu'il attendait. Les dossiers étaient peu nombreux, mais volumineux. Il se mit au travail.

Le premier concernait la mort d'une étudiante et randonneuse taïwanaise tuée sur le mont Fuji par un rôdeur. Le second relatait le viol et le meurtre à Tokyo d'une jeune enseignante américaine par un trentenaire déséquilibré qui avait entrepris une opération de chirurgie esthétique pendant sa cavale. Aucun rapport avec le petit fantôme qui fait du vélo dans ma tête, jugea Yamada.

C'est en découvrant le troisième dossier qu'il pénétra sur un terrain intéressant. Une affaire remontant à 2004, à Osaka. La séquestration, le viol et l'assassinat d'une hôtesse de bar australienne de vingt-huit ans, Linda Clay. Le criminel, un tueur récidiviste particulièrement vicieux, arrêté en 2009, avait été condamné à la peine capitale et exécuté dix mois auparavant. Le délai entre son arrestation et son exécution s'expliquait par la complexité de l'affaire. Il avait fallu du temps pour identifier toutes ses victimes, différents procès avaient eu lieu.

À la lecture d'un des interrogatoires, Yamada vit son intuition récompensée. À partir du sixième homicide, le tueur avait évolué. Il avait commencé à envoyer des messages aux parents de ses victimes, sous forme de vidéos et de notes dactylographiées. Après sa dispa-

41

rition, la mère de Linda avait reçu un paquet postal en Australie.

La résonance que cherchait le capitaine était bel et bien là, nichée depuis plus d'une décennie au cœur d'une affaire exceptionnelle de crimes en série.

*Elle dort ici.*

Il lui sembla que c'était lui et personne d'autre que cette phrase attendait.

\*

Yamada se massa la nuque et leva les yeux vers la pendule des archives. Cela faisait plus de quatre heures qu'il compulsait des documents. Son carnet de notes était presque plein.

Empruntant le dossier Clay, il partit s'aérer dans le square bordant le commissariat. S'y épanouissaient des érables et un pin, magnifique. Il s'était renseigné, c'était un podocarpus, un conifère originaire du sud de l'archipel qui prenait son temps pour grandir et restait toujours vert. Un arbre patient et constant en quelque sorte, très sympathique. Un jour, alors qu'il méditait dans son ombre, une nuée de cacatoès blancs à huppe jaune étaient arrivés de nulle part pour coloniser ses branches et se lancer dans un caquetage formidable, leur plumage immaculé tranchant sur le vert profond des aiguilles. Ils avaient disparu comme ils étaient venus et Yamada se surprenait souvent à espérer leur retour. Mais pas cette fois.

Aujourd'hui, il avait charge d'âme. Le dossier posé sur ses genoux était tout ce qui restait de la vie de Linda Clay au Japon. Son souvenir survivait désormais dans l'esprit de ses proches, mais cette expérience particulière, ce bref passage en terre étrangère,

42

était retenu là, dans ce dossier rouge comprimé par un ruban gris.

Quelque chose de bénéfique ou de préoccupant – c'était une question de point de vue – était arrivé alors que Yamada remontait le temps pour réviser ses enquêtes. Il avait éprouvé un sentiment de proximité. Auparavant, il faisait abstraction des victimes, des proies, pour évacuer une sensibilité susceptible de le fragiliser et mieux se concentrer sur les prédateurs. Après son coma, il avait senti une nouvelle empathie naître en lui. Les victimes, bien que pour la plupart décédées, avaient gagné une existence au fil de sa relecture des dossiers.

Il observa mieux les photos de la jeune Australienne. Un visage ouvert, aux traits plutôt épais mais agréables, des yeux ronds et clairs. Une masse de boucles rousses, sorte de buisson ardent qui la rendait belle. Et une vie devant elle avant d'être abandonnée par son tueur dans l'obscurité et l'angoisse.

Il pensa à la description que Marie Castain avait faite de Kate Sanders. Une hôtesse de bar. Comme Linda. Jeune et pleine d'énergie. Comme Linda.

Il partit en quête de son lieutenant, le trouva à son bureau, lui expliqua qu'il avait remonté l'affaire Linda Clay du néant.

– La Française est venue nous signaler une *disparition*, chef…

Sous-entendu : « *Ça manque d'homicide cette histoire, vous vous affolez trop vite, et, vous concernant, c'est presque exotique.* » Yamada avait perdu pied concernant le passé, mais pour analyser les pensées de ses contemporains, il était devenu assez efficace.

– C'est le message envoyé au père en Angleterre qui me travaille, Watanabe.

Il lui détailla ce qu'il avait découvert. Clay était l'une des victimes du tueur Otokawa qui avait sévi à Osaka et sa région pendant une quinzaine d'années avant son arrestation – à la suite du meurtre de Clay, justement. Il avait été exécuté par pendaison, en janvier dernier.

Une longue enquête avait permis de repérer les liens entre différents homicides apparemment dissemblables et éloignés dans le temps. Les victimes étaient des Japonaises, des étrangères, sans signes particuliers et exerçant différents types de métiers. Seul point commun, Otokawa agressait exclusivement des jeunes femmes de moins de trente ans. Visage cagoulé, il les assommait, les ligotait, les violait en filmant la scène puis les abandonnait dans des parcs, des friches industrielles ou des décharges publiques. Plus tard, franchissant la barrière du meurtre, il avait raffiné sa technique et décidé de les enterrer vivantes. Ne craignant plus d'être dénoncé, il les approchait à visage découvert et continuait de filmer ses viols. Mais une autre vidéo était postée aux familles, celle montrant la victime ensevelie dans une fosse pour y être abandonnée à une lente asphyxie. Chaque vidéodisque était accompagné d'une note identique : « La salope dort ici. »

Le lieutenant resta un instant sans voix avant de labourer sa tignasse pointue d'une main nerveuse. Il réfrénait mal sa satisfaction. Yamada l'entendit penser. *Pourvu que cette disparition soit bien un homicide. Enfin une affaire à la mesure de mon talent.*

Le capitaine réfléchit. Kate avait quitté son domicile de Nakano vers midi, la veille. Sa colocataire, son père, son employeuse n'avaient plus de nouvelles depuis. Chaque fois que quelqu'un tentait de la joindre, il tombait sur son répondeur. Or, c'était ce même téléphone qui avait servi à envoyer la photo et le message à Jason Sanders.

La première étape était évidente. Localiser ce portable.

# 6

## Marie

*Mercredi 7 octobre,*
*2 heures.*

Marie avait attendu en vain un appel de la police. De retour au Club Gaïa, elle bavardait maintenant avec Norio, son plus fidèle habitué, un sexagénaire qui dissimulait son anxiété sous une attitude joviale et tentait de faire oublier son âge avec ses cheveux teints et ses costumes scintillants. Architecte naval, il avait passé sa vie à dessiner des bateaux mais n'avait jamais goûté au grand large. Il se contentait de sillonner la baie de Tokyo avec son voilier. Il l'invitait souvent à des sorties en mer, d'autant qu'elle jouait les skippers avec efficacité. Cette nuit, l'ambiance était plombée par l'absence de Kate.

– Tu es inquiète, Marie. Si j'étais à ta place, je ne me mettrais pas dans pareil état. Kate s'est sûrement trouvé un amoureux et elle nous a abandonnés. Ça arrive souvent.

– Elle me l'aurait dit.

– Kate te disait tout ?

– Elle me révélait pas mal de choses.

Norio dissimulait mal son air gourmand. Son voyeurisme refaisait surface. Il photographiait très souvent les hôtesses. Il fallait ensuite supporter d'interminables visionnages sur son smartphone et le complimenter pour ses talents artistiques.

— Raconte-moi ses secrets. À deux, nous devinerons où elle se cache.

— Tu veux connaître son plus grand secret ?

— Si tu es prête à me le confier, Marie.

— Je crois que Kate n'a jamais eu de liaison durable parce que le véritable homme de sa vie, c'est son père.

— Ah, très intéressant. Tu le connais ?

— Presque. On a discuté au téléphone.

Elle raconta ce qu'elle savait de Jason Sanders à Norio, devinant que la personnalité de l'Anglais l'intéresserait. Tout les opposait. Jason était un passionné, un voyageur et un séducteur ayant abandonné la mère de Kate. Un père absent qui avait préféré sa seconde famille. Et aujourd'hui un homme inquiet, qui avait exigé qu'elle fasse la tournée des hôpitaux et qu'elle alerte la police. Impossible de le décrire physiquement. Si Kate possédait des photos, elles étaient bien cachées.

Le sujet Sanders épuisé, Marie écouta d'une oreille Norio lui parler de son propre père. Un type rigide, cadre sa vie durant dans une entreprise d'électronique et qui aurait voulu le même chemin pour son fils. Quarante ans plus tard, Norio était fier d'avoir tenu bon pour devenir un créateur.

— Qu'y a-t-il de mieux que de dessiner des bateaux, Marie ? Rien, ma belle, à part mes soirées avec toi, la plus charmante des hôtesses.

Il en profita pour faire des photos.

Marie lui sourit et prit la pose. Elle pensait à Béa, sa meilleure amie en France. Et cette pensée était douloureuse. C'était elle qui lui avait donné l'idée de passer son permis bateau. « *On deviendra les reines de la Méditerranée, Marie.* » Béa était bonne navigatrice. Gaie, pleine de bon sens et mature pour son âge, elle possédait l'autodiscipline nécessaire pour se bâtir un avenir. Mais le destin en avait décidé autrement. Béa avait franchi une porte un matin, le sourire aux lèvres et la tête pleine de projets, et plus personne n'avait entendu parler d'elle. La bouche d'ombre l'avait avalée.

*Ma mère, Béa, Kate. Est-ce que tout le monde doit disparaître un jour de ma vie ?*

— Marie, tu m'écoutes ?

— Oui, Norio.

— Je te disais qu'on pourrait faire une sortie en mer ce week-end. Il n'y a pas de typhon annoncé. Ça te changerait les idées.

Les sorties avec Norio étaient mortelles. L'improvisation le paniquait, et, quand il ne planifiait pas tout, il répétait les mêmes gestes, parcours, habitudes, conversations. Elle devinait déjà qu'il lui proposerait de voguer vers Oshima, l'île la plus proche de Tokyo mais malgré tout trop lointaine pour y débarquer. On pique-niquerait à bord, on regarderait l'île de loin, il lui raconterait encore la légende du volcan Mihara et des amants éconduits qui se jetaient dans son cratère.

Une île où l'on n'accostait jamais. C'était bien le genre de Norio de ne faire que des demi-voyages.

— Avec joie. Excellente idée.

Il dégagea enfin. Les derniers clients ne s'attardèrent pas. Sanae déboula, équipée d'une flûte de champagne et de son fume-cigarette fétiche. Elle se pelotonna dans un box. Une veine palpitait sur sa tempe droite. On aurait dit un lombric gigotant sous une feuille de papier.

— Le père de Kate m'a appelée, c'était désagréable. Il pense que je fais partie d'un clan yakuza. J'ai nié, il ne m'a pas crue. J'ai dû lui répéter que je n'avais aucune idée de l'endroit où se trouve Kate et de ce qui lui est arrivé.

Marie l'écouta lui raconter sa fierté bafouée. La *mama-san* s'était financée auprès des yakuzas et leur payait un « impôt » obligatoire, en échange d'une pseudo-protection, comme chaque commerçant ou gérant de bar, et sous les yeux de la police, mais Sanae était toujours impatiente de voir ces gangsters tourner les talons.

Elle se triturait le front d'un air accablé. Marie lut ses pensées. S'il était arrivé malheur à Kate, ça rejaillirait sur le Club Gaïa. Il faudrait fermer boutique.

— Je suis allée à la police. À la demande de Sanders. J'ai été reçue par un certain Yamada.

— Quel est son prénom ?

— Kentaro.

Sanae déclara bien le connaître et avoir de bonnes relations avec lui. Ce policier travaillait à Kabukicho depuis toujours. Marie fut soulagée pour la *mama-san*. Elle s'était battue pour créer sa petite entreprise, le Club Gaïa était toute sa vie, qui ne pouvait pas être menacée par l'imprévu.

Sanae proposa de regarder ensemble *La Sirène du Mississippi*, un film de François Truffaut dont elle ne se lassait pas. Elle adorait la scène où Belmondo déclare sa passion à Deneuve, bien que celle-ci l'ait empoisonné.

– Une autre fois. Je suis épuisée, il faut que je rentre.

– Oui, je comprends. Tu dois être folle d'inquiétude toi aussi. À demain.

En quittant le club, Marie sentit la solitude lui mordre la nuque. Celle de Sanae était contagieuse. *Est-ce que je finirai ma vie à revoir de vieux films en me bourrant la gueule ?*

L'ascenseur s'ouvrit sur Yudai, en costume et manteau chics.

L'apparition du grand ami de Kate faisait toujours son petit effet. Dans ce pays où la masse grouillante des *salarymen* ne ressemblait à rien, il sortait du lot.

La trentaine, assez grand, le visage comme sculpté, le regard doux et triste, les cheveux châtain clair, gérant du Café Château et gigolo mythique, Yudai était si connu à Kabukicho qu'il avait inspiré un manga. *Issei de Roppongi* racontait la vie violente et compliquée d'un hôte. Kate possédait les dix tomes et avait insisté pour que Marie les lise.

Plus contrôlé et pacifique que son avatar en papier, Yudai de Kabukicho était aussi attirant qu'Issei de Roppongi.

– Bonsoir, Marie. Le Club Gaïa est toujours ouvert ?

– Non.

– Je cherche Kate.

– Cette nuit, elle n'est pas venue.

– Vraiment ?

– Oui, désolée.

– On avait rendez-vous mardi matin, dit-il. J'ai attendu, laissé des messages sur son répondeur. Aucune nouvelle.

Elle répéta ce qu'elle avait dit aux policiers. Yudai prit sur lui mais elle perçut sa détresse.

– La police s'en occupe ?

– Oui. Et son père arrive aujourd'hui à Tokyo.

– Elle a enfin réussi à ce qu'il s'intéresse à elle.

– Je ne comprends pas.

– Elle a toujours quémandé son affection. Alors elle a pu disparaître volontairement. Pour qu'il vienne la chercher. Tu vois ?

Il la regardait avec intensité. Il y avait une douceur en lui, une véritable attention. C'était ça que Kate aimait. En sa présence, on avait l'impression d'exister.

– Elle prépare quelque chose pour l'impressionner, continua-t-il. Elle veut qu'il soit fier d'elle. Pour ça, il lui faut frapper fort.

– Et faire quoi ?

– Elle refuse de me le dire.

Marie constatait que Kate ne s'était pas totalement livrée à Yudai. Elle ne le considérait pas à cent pour cent digne de confiance et gardait une part de liberté, celle de ses secrets. En revanche, l'amie anglaise avait trouvé la clé pour obtenir l'attention de l'hôte le plus séduisant de Kabukicho. La sincérité.

– Je suis allée à la police. Je leur ai parlé de toi. Pas moyen de faire autrement. Ils ont du mal à avaler que vous n'êtes pas amants. Mais moi, je le crois. (À son expression, elle sut qu'elle avait réussi à l'étonner.) J'imagine que tu en as assez de ces excitées qui papillonnent autour de toi comme si tu étais un trophée. Avec Kate, c'est autre chose. Elle ne sait pas minauder.

– Oui, elle reste elle-même.

Pensait-il aux filles avec lesquelles il avait couché à ses débuts à Kabukicho ? À la lassitude qui avait suivi ?

51

– Je peux te poser une question très indiscrète, Yudai ? (Il hocha lentement la tête.) Il t'arrive encore d'avoir des relations sexuelles avec des clientes ? Ou bien la règle est-elle stricte, toujours attiser le désir, ne donner que des mots ?

– Non, depuis un moment, c'est fini. Je suis fatigué de tout ça.

– Et au début ?

– Au début, j'avais une partenaire différente chaque nuit. Quelquefois plusieurs. Ensuite, j'ai fait la différence entre les passagères, qui allaient de club en club, et les clientes potentiellement fidèles. Celles auxquelles il ne fallait surtout pas céder.

– Et maintenant ?

– Maintenant, je dors seul et j'attends.

– Tu attends quoi ?

Il pointa le ciel du doigt en souriant.

– Un signe.

Son téléphone vibrait dans la poche de Marie.

– Kate ? demanda Yudai plein d'espoir.

Non, un numéro étranger s'affichait sur l'écran.

Jason Sanders. Qui appelait depuis Heathrow et allait embarquer sur le vol British Airways pour Narita. Quand Marie lui apprit qu'elle n'avait rien de nouveau au sujet de sa fille, il annonça qu'il prendrait le train depuis l'aéroport et se rendrait à leur domicile de Nakano. Il fallait qu'il la voie et se rende compte de l'endroit où vivait sa fille. Il ne demanda pas si ça l'arrangeait ou non.

Elle rempocha l'appareil.

– Tu es mécontente, constata Yudai.

– Je ne connais pas ce type et il me fait déjà braire.

– Il faut pourtant que tu le rencontres. Pour aider Kate.

– Je sais.

Le vent s'était levé. Yudai, silhouette gracieuse et profil aigu, remonta son col et enfonça ses mains dans les poches de son élégant manteau.

– Elle est très intelligente, reprit-il.

– C'est vrai.

– Elle n'a pas pu partir avec n'importe qui. Kate a des petites antennes pour sentir les gens, leurs qualités, leurs déséquilibres.

Il était comme ça lui aussi, métier oblige. Il pourrait la percer à jour, comme ses clientes. Une pensée un peu effrayante, excitante aussi.

– Que vas-tu faire, Yudai ?

– Rentrer dormir. On n'a pas le choix, non ?

Ils marchèrent vers l'avenue.

– Je crois que j'en ai assez de ce métier.

– Moi aussi, Marie, mais ce métier n'en a pas assez de moi.

Elle copia son sourire mélancolique. Il héla un taxi pour elle.

\*

*La Cité des mensonges* attendait sa visite. À peine rentrée, elle alluma son ordinateur.

« Le couinement suraigu des trains secouait les cloisons tous les quarts d'heure, mais peu importait le confort. J'avais une chambre à moi et elle était bon marché.

Le plus important était cette petite révolution qui avait eu lieu : je m'intéressais de nouveau à mes semblables. Les excentriques déguisés en extraterrestres se mêlant aux

53

armadas d'employés. Le passant priant Bouddha, debout, mains jointes, quelques secondes avant de s'évaporer. La geisha ayant délaissé l'ombre pour le soleil mordant, petits pas maniérés et kimono éclatant, décidée à danser avec les policiers au son des tambours d'une fête de quartier. Le chauffeur en gants blancs dans son taxi décoré de dentelles, glissant sans heurt dans un labyrinthe où chaque adresse est une énigme.

Les foules m'ont engloutie dans leur fluidité. Des trains se sont faufilés entre des vidéos géantes pour rallier des territoires confisqués à la mer. Des chants se sont échappés de minuscules sanctuaires coincés entre des buildings montés sur ressorts.

J'étais ivre sans boire, mes émotions se redéployaient, je sortais de mon long hiver.

Et puis l'argent a fondu et il a fallu chercher du travail.

Une compatriote rencontrée dans un café pour expatriés me conseilla le Clio Bar, un établissement tranquille, destiné à une clientèle d'un certain âge et situé à Kabukicho.

Ka-bu-ki-cho, quatre syllabes qui claquent.

Comme les socques d'un sumo sur le pavé.

Le quartier honteux, accolé à la respectable mairie de l'arrondissement de Shinjuku.

J'appris que son nom résultait d'un rêve inabouti, celui du maire de Tokyo qui, au lendemain de la guerre, envisagea d'ériger un théâtre de kabuki en lieu et place du désastre issu des bombardements, et ce afin d'offrir à ses concitoyens un parc de divertissement familial.

Manque de chance, ce rêve valorisait les valeurs traditionnelles au moment où le pays devait se réformer. Les autorités d'occupation avaient un autre projet très précis : soulager les GI assoiffés de sexe. La vague capitaliste allait prendre des allures de tsunami ; à défaut de théâtre épique, les bordels y fleuriraient.

Une bonne soixantaine d'années plus tard, Kabukicho était toujours le royaume des plaisirs monnayables.

Tout y était possible, l'anodin comme l'inimaginable... »

Marie cliqua sur « Statistiques ».

Près de trois cent cinquante mille signes, plus de cinquante huit mille mots. *La Cité des mensonges* représentait un travail titanesque, mais qui se révélait payant. Bientôt, des lecteurs découvriraient de quoi elle était capable.

Ce livre était un pont. Un pont vers l'humanité. Et la meilleure chance qu'elle ait eue depuis des années.

# 7

## Yamada

Yamada était satisfait, son adjoint avait déployé une belle énergie et appelé les principaux opérateurs de téléphonie mobile du pays. Kate Sanders avait contracté un abonnement avec NTT DoCoMo, dès son arrivée au Japon. La dernière utilisation du portable remontait à 14 h 50, lundi 5 octobre. Ce qui correspondait à l'envoi de la photo et du texto à Jason Sanders. Le signal avait été enregistré par trois antennes relais à Chiba. Le téléphone avait ensuite continué d'émettre des signaux dans la zone de Chiba pendant plus de trois heures. Watanabe s'était déplacé pour rencontrer un ingénieur de NTT DoCoMo, qui avait délimité par triangulation deux secteurs possibles. Ils s'étalaient sur moins de trois kilomètres.

Yamada avait informé son supérieur. Mizuha l'avait écouté d'un air dubitatif. Il avait fini par déclarer que ces histoires de *gaijin* ne lui disaient rien de bon. Fallait-il vraiment dépenser les ressources de la police sur la base du témoignage d'une hôtesse de bar ?

« Mon instinct me dit que oui », avait répliqué le capitaine. Un long silence avait suivi. « D'habitude, il te faut du temps pour te mettre en train, Yamada, et là, tu t'agites comme jamais. J'espère que ça en vaut la peine », avait lâché le commissaire d'un air las. Le capitaine avait encaissé l'insulte sans trop de mal. Après son coma, les relations avec son patron n'avaient plus jamais été les mêmes. On pouvait même parler d'une lente détérioration.

*J'ai donc beaucoup à perdre.*

Si cette histoire ne débouchait que sur du vent, il se retrouverait définitivement mis à l'écart des affaires intéressantes. Peut-être même muté à un poste de scribouillard.

Mais l'interrogatoire de la jeune Marie avait réveillé une émotion en lui.

Une émotion qui donnait envie de se lever le matin. Il décida de suivre son instinct.

Il prévint ses collègues de Chiba de leur arrivée. Watanabe prit le volant de la voiture de fonction et rallia leur destination en moins de quarante minutes. Yamada n'avait pas constaté le moindre signe d'énervement chez son jeune lieutenant depuis qu'ils avaient quitté leur QG de Shinjuku. Ils avaient devisé tranquillement en route. Yamada l'avait branché sur ses dernières compétitions de kendo, ce qui l'avait mis de bonne humeur car se valoriser le détendait.

Ils furent accueillis par l'officier que Yamada avait eu au téléphone. Il s'incluait dans la recherche et était prêt à mettre quatre hommes à leur disposition ainsi que les véhicules nécessaires. Watanabe déplia la carte et désigna les deux périmètres de recherches établis par l'ingénieur des télécommunications qui s'étendaient de part et d'autre du lac Inba. Les sept hommes se répartirent le terrain.

Il fut convenu que les hommes de Chiba couvriraient la partie la plus urbanisée, c'est-à-dire la rive sud du lac. Yamada et son adjoint s'occuperaient de la rive nord, une région de champs, de rizières et de fermes, avec quelques habitations clairsemées. Capitaine et lieutenant se répartirent la zone. Yamada hérita de la partie est.

*

Yamada enquêtait depuis près de deux heures sans succès lorsqu'il entendit une mélodie. Un air de piano, plutôt maladroitement interprété, qui provenait d'une maison au toit de tuiles bleues.

Il sonna. La musique ne s'interrompit pas mais une femme vint ouvrir. Il expliqua qu'il recherchait une jeune étrangère et montra la photo de Kate Sanders.

– Je crois l'avoir vue.

– Quand ça ?

– Lundi, en début d'après-midi.

– Vous pouvez préciser ?

– Il devait être… un peu plus de 14 heures. Oui, c'est ça. Je donnais un cours. Je suis professeur. Je regarde parfois par la fenêtre pendant que mes élèves jouent. Voir une Occidentale dans le quartier m'a étonnée.

– D'où venait-elle ?

– Je ne sais pas, mais elle est entrée dans le parc. Ça m'a surprise. À part des mères et leurs enfants, il n'y a pas beaucoup de promeneurs. Et encore moins d'étrangers.

– Vous avez noté un comportement spécial ?

– Non, elle marchait d'un pas normal, sans chercher son chemin.

– Que portait-elle ?

– Un blouson de couleur claire. Une robe fluide.
Bleue, je crois.

– Vous l'avez revue ensuite ?

– Non, désolée de ne pas pouvoir vous aider. Il est
arrivé quelque chose ?

– Rien de grave. Une fugue peut-être.

Yamada nota ses coordonnées, la remercia et se
dirigea vers le parc d'Inbanuma. Un panneau en bois
gravé indiquait qu'il faisait un peu plus de cinq
hectares.

Il gravit une côte, déboucha sur un petit parking
occupé par deux voitures. Il s'engagea dans une allée
encore molle de la dernière pluie, finit par entendre
des voix, marcha jusqu'à un groupe de femmes dont
les enfants jouaient sur un terrain de base-ball
défraîchi. Il les interrogea. Résidant à Chiba, elles
venaient régulièrement ici. C'étaient leurs voitures
qui attendaient sur le parking. Aucune d'elle ne se
souvenait d'une étrangère blonde en blouson clair.

Il monta au belvédère. Face à lui, le lac, immense,
scintillait. Hormis les mères et leurs enfants, les lieux
étaient déserts. Il appela Watanabe et lui demanda
de prévenir les autres. Rendez-vous au parc.

Il cliqua sur la photo de Kate Sanders qu'il avait
téléchargée sur son smartphone. Un rayon de soleil
illuminait son visage, ses cheveux blonds, mais son
corps était dans l'ombre. Il observa le parc composé
d'espaces dégagés et d'îlots de végétation dense.

*Elle dort ici.*

Lundi, vers 14 heures, le professeur de piano voit
une femme dont la description correspond à Kate
s'aventurer seule dans ce parc tranquille. À 14 h 47,
Kate est photographiée. Trois minutes plus tard, sa
photo et un texto en japonais sont envoyés à Jason

Sanders. Le portable continue ensuite d'émettre des signaux qui sont interceptés par les antennes relais de Chiba.

Yamada revint au parking. Son adjoint était adossé à la carrosserie de la voiture de fonction.

– On fouille le parc, chef ?

– On attend d'abord les autres.

Les confrères de Chiba arrivèrent dans le quart d'heure qui suivit. Yamada prit conseil auprès de son homologue, qui proposa d'enrôler des maîtres-chiens. Le parc était vaste, la végétation fournie en cette saison. Qui plus est, il avait plu la nuit passée, certains sentiers seraient difficilement praticables. Le mieux était d'attendre les spécialistes avant d'entamer la fouille pour ne pas brouiller les pistes. Yamada le laissa contacter l'unité cynophile.

# 8

## Yudai

La brise chahutait les feuilles rouges et Yudai regardait son fils descendre et redescendre le toboggan sans se lasser. Son prénom lui allait bien. Ryu[1] avait l'énergie, l'obstination et la bonne humeur du dragon. Il riait facilement avec les autres enfants, inventait sans cesse des petits scénarios malins pour pimenter leurs jeux.

On l'avait échappé belle. Il aurait pu hériter de la nature de sa mère, qui vivait hors du monde, immergée dans ses délires d'artiste. Eri était une mangaka connue, ce qui était, il l'admettait, une performance dans un milieu si masculin. Elle ne prenait jamais de vacances et se contentait de cinq heures de sommeil.

*Mon ex est surhumaine. Je suis un simple mortel. On a fabriqué Ryu par hasard.*

Ils s'étaient rencontrés dans un club d'hôtes de Roppongi, l'autre grand quartier des plaisirs de Tokyo, mais nettement plus select que Kabukicho. Il venait de débarquer dans la capitale, elle se documentait pour un manga. Pourquoi l'avait-elle choisi plutôt

1. *Ryu* signifie « dragon » en japonais.

61

qu'un autre pour répondre à ses questions ? Mystère. Il était très jeune, elle allait avoir trente ans, il s'était senti flatté. Leurs échanges, d'abord purement professionnels, avaient vite évolué.

Eri avait publié *Issei de Roppongi*, un succès, et accouché de leur fils. Yudai avait mis le temps à réaliser qu'elle s'était servie de lui et l'avait essoré comme une serpillière pour créer son héros, un hôte qui suscitait une impitoyable guerre de rivalités entre deux gangs de filles. Issei, bien que blond platine, lui ressemblait trait pour trait.

Trop occupée pour partager sa vie avec un homme, Eri l'avait également utilisé comme donneur de sperme et avait vite confié la garde de Ryu à sa mère, une femme effacée mais dévouée.

*Et dans cette belle organisation, la géniale et magnanime mangaka m'accorde un droit de visite. Trop généreux de sa part.*

Ces brèves retrouvailles avec Ryu étaient un bonheur mais aussi une déchirure. Quand il demandait à son ex de lui accorder plus de temps avec l'enfant, elle lui balançait toujours qu'« un alcoolique qui vivait la nuit ne pouvait pas être un père ».

Eri, une salope d'une constance et d'une logique implacable.

Pour accueillir Ryu dans les meilleures conditions, il habitait Denenchôfu, un quartier chic où il n'aurait jamais imaginé trouver sa place à ses débuts. Le prix d'achat l'avait obligé à s'endetter auprès du clan Itami.

*Coincé. Comme un rat. Mais un rat bien sapé.*

L'idéal aurait été de prendre sa retraite. Mais, rayon liquidités, il était restreint, surtout depuis Fukushima. Le pays était touché en plein cœur. Les secousses se poursuivaient sans relâche et l'économie fissurée s'acheminait vers l'implosion. Et ce cinglé de Namba n'en avait rien à cirer de la conjoncture économique, il ne le lâcherait pas avant qu'il ait payé les mensualités dues au Boss Itami. *Ou du moins pas avant de m'avoir arraché les couilles avec ses dents. Et en y prenant un certain plaisir au passage.* Son accident de scooter ne lui avait pas seulement paralysé la moitié de la gueule. Il lui avait déglingué une partie du cerveau.

Yudai avait lu récemment une histoire à Ryu au sujet d'un cyclone et avait appris à cette occasion qu'au cœur même du tourbillon et de la catastrophe existait une zone de paix absolue. L'œil du cyclone, cet endroit où personne ne craint quoi que ce soit.

*Il me faut juste trouver le chemin.*

Le parc où jouait Ryu était proche de la maison médicalisée où vivait son grand-père malade. Yudai l'avait fait transporter depuis la petite ville située sur l'île de Hokkaido, qu'il n'avait jamais quittée jusque-là. L'héberger dans la capitale coûtait une fortune, mais Yudai, qui avait rompu les ponts des années durant de peur que son père ne juge négativement sa vie dans le *mizu-shobai*, lui devait bien ça. D'après les médecins, il n'en avait plus pour longtemps. C'était Kate qui lui avait conseillé de renouer et de lui faire rencontrer Ryu avant sa mort. Elle n'avait pas usé d'arguments compliqués : *Personne ne vit sans ses racines, Yudai.*

Kate avait toujours raison. Au premier abord, on la prenait pour une fille vaine, égoïstement satisfaite de ses atouts physiques et intellectuels, guidée par l'envie de prendre du bon temps. Il avait connu des ribambelles d'égocentriques pour qui le monde était un spectacle et les autres des pantins divertissants. Kate était différente. Elle le prenait comme il était, mais n'hésitait jamais à lui suggérer un chemin bénéfique.

Il fit signe à Ryu. Le petit salua ses amis et le rejoignit aussitôt.

— On va voir grand-père ?

— Bien sûr.

Yudai avait apporté du poulpe séché. Son père adorait ça. Pas l'infirmière principale qui jugea l'odeur trop forte, mais il réussit à l'amadouer et même à la faire rire. Grand-père et petit-fils se lancèrent dans une partie de go. Yudai était un piètre joueur, mais ces deux-là possédaient les mêmes gènes. Concentrés, efficaces, redoutables, ils soufflaient tous deux sur leurs pions pour leur conférer un pouvoir.

En les observant, il songea qu'ils pourraient vivre ensemble dans son appartement. Le balcon spacieux donnait sur le jardin de la résidence. C'était un havre de paix, ils y feraient des parties de go interminables.

Ses paupières avaient une lourdeur d'enclume, il alla au distributeur. La canette de café chaud ne lui fit aucun effet.

Il perdait la forme. Trop d'alcool, de stress et d'Akiko.

*

Vers 16 heures, il lui fallut ramener Ryu à Idabashi, où résidait Eri.

Pendant le trajet en métro, l'enfant lui demanda s'il n'existait pas quelque part un grand médecin capable de sauver son grand-père. C'était dur pour un gamin qui venait juste de s'en trouver un d'admettre que la séparation était imminente, mais Yudai préféra dire la vérité. Comme à son habitude, Ryu posa mille questions mais conserva un calme impressionnant.

*Tu es déjà un petit homme. Ta sagesse dépasse la mienne. Ça me rend fier.*

En remontant l'avenue Sotobori, Ryu fit son salut habituel à l'androïde assurant l'accueil de l'université des sciences, une femme en robe verte et au sourire éternel qui lui plaisait beaucoup, car il voulait devenir créateur de robots. Ils gravirent à pas lents la côte menant au Manoir Fukuda, un nom prétentieux pour un banal immeuble en briques brunes. Yudai n'avait jamais mis les pieds en dehors du Japon, mais, à première vue, les manoirs occidentaux devaient avoir une autre gueule que ça.

À mi-chemin, il fit halte devant le bouddha somnolant dans son minuscule autel, histoire de brasser quelques questions. Kate était-elle vraiment focalisée sur son père ? Au point de faire n'importe quoi pour gagner son attention ? Avait-elle quitté Tokyo sur un coup de tête ? Et si elle se foutait pas mal de leur amitié ?

*Donne-moi de tes nouvelles. S'il te plaît.*

Une fois à l'appartement-atelier, ils laissèrent leurs chaussures dans l'entrée, à côté de celles d'Eri et de sa mère. Il n'y avait jamais personne d'autre ici. Eri dessinait une humanité passionnée, mais vivait comme une recluse. Ce n'était pas sain pour Ryu.

Le petit courut vers elle. Eri lui caressa les cheveux en vitesse sans quitter sa table à dessin. La pièce sentait l'encre fraîche, la névrose obsessionnelle et la soupe *miso* que devait être en train de cui-

65

siner sa mère. Cette femme consacrait sa vie au génie de sa fille, et faisait la cuisine et le ménage en permanence.

Eri annonça être finaliste pour un prix prestigieux. Yudai la félicita.

Elle ne leva pas le nez de sa tâche et ils échangèrent quelques banalités sous le portrait de Yudai. Ou plus exactement sous une planche originale des aventures d'*Issei de Roppongi*. Un homme au regard velouté et au mental de pourri. Eri lui avait donné une caractéristique intéressante, la lâcheté, qu'il déployait en mentant avec une imagination débordante. La plupart de ses conquêtes le fréquentaient en toute lucidité. Les malignes ne gobaient pas ses mensonges et exigeaient de lui un investissement qu'il ne pouvait pas leur donner. L'hôte le plus fameux de Tokyo décidait alors de les éliminer. Sans se salir les mains, mais en créant subtilement les conditions de leur perte, notamment par la suggestion. Une amoureuse transie se jetait sous un train. Une autre se tranchait les veines dans un *love hotel*. La troisième s'offrait en pâture à un tueur en série. La dernière se soûlait avant de s'endormir dans un congélateur. Sans compter les filles des deux bandes rivales qui s'entre-tuaient avec ce qui leur tombait sous la main.

Issei était un sociopathe heureux, plus il faisait dans la noirceur sophistiquée, plus les lectrices en redemandaient.

– On me propose d'aller travailler à Hawaï.

Yudai sentit une lame lui pénétrer le plexus.

Eri s'était tournée brusquement et le dévisageait, lui offrant un sale petit sourire – un filet de salive brillait entre ses lèvres.

Elle précisa que sa mère serait du voyage et que

66

Ryu irait dans une école japonaise. Ils vivraient dans une maison donnant sur l'océan.

Cette folle était un vampire. Elle ne le lâcherait que quand il serait exsangue. Cœur broyé, couilles en berne, Yudai le paillasson humain.

Il ne parvint pas à se contrôler.

– Tu te fous de moi ?

– Non, pourquoi ?

– Parce que c'est *notre* fils. Et que je ne le verrai plus. Voilà pourquoi.

– Je n'ai pas encore décidé, mais j'ai très envie d'accepter.

– Rien que ça. Mais j'ai des droits, moi aussi.

– Tu sais bien que notre système privilégie les mamans.

– Tu es une maman, toi ?

Elle le toisa avec un calme invraisemblable. Et cette voix plate. Comment faisait-elle ?

– Je te tiendrai au courant, Yudai.

Il lui sembla qu'elle avait maigri et il eut une pensée fulgurante. Eri mourant dans son sommeil. Une crise cardiaque due au surmenage. Et Ryu rendu au monde des vivants.

En fait, il n'avait qu'une envie, la frapper. Et c'était certainement ce qu'elle attendait pour faire jouer la loi et être définitivement débarrassée de lui.

Il dévala l'escalier en suffocant, fut vite dans la rue. Le ciel avait la couleur d'une plaie ouverte.

Son estomac brûlait. Il s'agrippa à un poteau électrique et vomit sur sa jambe de béton.

*Ryu à Hawaï. Jamais de la vie.* Il fallait trouver une solution. Se bouger.

*Qu'est-ce que tu fabriques, Kate ? J'ai besoin de tes conseils.*

Il acheta une boisson énergétique dans une supérette et rejoignit l'avenue Sotobori. Dans le taxi qui le ramenait chez lui, il reçut un texto. Kate ? Non, Akiko. Sa plus fidèle et plus pénible cliente adorait surprendre. Elle l'invitait à dîner. Dans un grand restaurant français. Ces *dohan* de dernière minute et cette proposition luxueuse, c'était exactement son style.

Il hésita. Il pouvait l'envoyer bouler, se débarrasser enfin d'elle et de ses méthodes de boa. Mais il n'avait pas les moyens de refuser une telle manne financière.

Il se força au calme et lui téléphona pour accepter son offre avec tout l'enthousiasme qu'elle attendait de lui.

# 9

## Marie

Marie était en colère. Les emmerdeurs peuplaient sa journée. Des voisins qui l'avait réveillée et bombardée de questions. *Où est Kate ? Tu crois qu'elle a des problèmes ?* Norio qui la noyait sous les textos énamourés, et s'énervait si elle ne répondait pas dans la minute. Jason Sanders qui venait de téléphoner. Douze heures de vol n'avaient pas suffi à le ramollir. Il avait atterri à l'horaire prévu à Narita mais raté le train express pour Tokyo. Elle devait donc l'attendre.

Allongée sur son futon, à la fois excédée et épuisée, elle observait la fissure au plafond. Elle s'était encore agrandie ou était-ce une illusion d'optique ? Le refuge de Nakano perdait de son charme. Kate et elle l'avaient décoré avec des coussins bariolés, des lanternes, des posters de chanteurs japonais, mais aujourd'hui, il avait l'air de ce qu'il était. Une piaule décrépite et mal insonorisée.

Dans l'immeuble, quelqu'un écoutait de la musique, de la pop japonaise qui aurait dû la mettre de bonne humeur mais ne faisait qu'ajouter à son énervement. Une stupide chanson d'amour.

Yudai, au moins, savait rester à sa place. Leur

échange avait été le seul moment agréable de ces dernières heures. La disparition de Kate le bouleversait, mais il n'imposait sa tristesse à personne. Et restait à l'écoute. Il avait capté en elle la même soif que celle de Kate, l'envie d'un échange vrai. Il l'avait prise au sérieux. Gros contraste face aux conversations stupides avec Norio et ses congénères.

*« Maintenant, je dors seul et j'attends. »*

Elle n'avait jamais connu l'amitié avec un homme. Il n'y avait eu que Béa, puis Kate, les autres liens se noyant dans le brouillard du passé. Ce devait être un plaisir délicat que d'être la confidente de quelqu'un que tant de femmes désiraient.

Un personnage de *La Cité des mensonges* lui ressemblait beaucoup.

Elle tendit le bras vers son ordinateur, se replonger dans le roman évacuerait les contrariétés.

« En plein jour, Kabukicho me fit l'effet d'un vieux chien sale et assoupi. Le Clio Bar se trouvait au quatrième étage d'un immeuble étroit, gavé d'établissements du même genre désertés à cette heure-ci.

Les lieux sentaient le tabac froid et le détergent, la décoration laissait à désirer. La *mama-san* arborait un teint de papier mâché mais était aussi volubile que chaleureuse.

Il y avait peu de règles à suivre. Être ponctuelle, propre, bien habillée, servir les clients mais ne jamais boire avant eux, répondre avec gentillesse à leurs questions même les plus étranges. Inutile de signer un contrat ; libre à moi d'abandonner à ma convenance, à condition de prévenir.

Après vérification de mon passeport, elle m'engagea sur-le-champ. Pouvais-je commencer dès le lendemain soir? J'acceptai sans hésiter.

*

Lorsque je revins, prête à attaquer ma première nuit d'hôtesse, les rues étaient devenues des bijoux étincelants, la foule nageait dans un bain d'énergie, mille musiques se mêlaient aux voix des rabatteurs lancés dans une impitoyable chasse aux clients.

Le vieux chien assoupi s'était métamorphosé en dragon.

Ma première nuit se déroula sans heurts. Je me changeai et me maquillai dans le vestiaire, rassemblai mes cheveux dans un chignon sage qui mettait ma nuque en valeur. Pour mes débuts, on me prêtait une tenue. Je choisis une robe décolletée au tissu rose chatoyant.

Une collègue expérimentée me chaperonna. Nous étions payées à l'heure et je fis cinq rencontres successives. Je copiai l'attitude de mon aînée et pratiquai vite, et avec naturel, l'art de la conversation en anglais et japonais de cuisine, passant d'un sujet léger à un autre avec une facilité que je ne me connaissais pas. Mes interlocuteurs se contentaient de peu. Il me suffisait d'être aussi aimable que possible. Je n'avais guère à me forcer, ces rencontres m'amusaient… »

Coup de sonnette. Elle mâchonna un juron.

Elle ouvrit à un quadragénaire solide. Manteau et costume gris, chemise bleue. Un front dégarni, des cheveux ras, des sourcils droits et froncés, un regard noisette et direct comme celui de Kate, une mâchoire puissante, agrémentée d'une barbe de trois jours et tranchée par une fossette. Une présence intense.

— Vous avez des nouvelles ?

— Non, désolée.

Elle lui servit du thé vert sans lui demander son avis. Jason Sanders resta planté au milieu du studio, l'air meurtri. Entre ses mains, la tasse de porcelaine eut l'air en danger, il s'en débarrassa sur le premier meuble venu.

Elle lui détailla sa rencontre avec Yamada et Watanabe. Ils l'avaient assuré qu'ils feraient de leur mieux pour localiser Kate.

— Vous parlez bien anglais, Marie. Japonais aussi, je suppose. (Elle hocha la tête.) Vous me rendriez un immense service en me servant d'interprète. Vous êtes d'accord ?

Elle acquiesça, respira son eau de toilette, épicée, légère, nota qu'il avait les mêmes mains solides et bien dessinées que Kate.

Il s'avança vers la fenêtre, appuya son front sur le carreau.

— Ça fait cinq ans que je n'ai pas vu ma fille. Dans l'avion, j'ai réalisé que c'était beaucoup trop. Je n'ai vraiment pas été un père formidable. (Il lui accorda un premier et bien fragile sourire.) Qu'est-ce qui a bien pu lui arriver, Marie ?

— Je ne sais pas, monsieur Sanders.

— Appelez-moi Jason. Ça fait combien de temps que vous partagez ce studio ?

72

— Presque trois ans.

— Alors vous devez bien avoir une idée…

Elle l'assura ne rien savoir de plus que ce qu'elle avait dit à la police. Il lui demanda de lui détailler ses derniers échanges avec sa fille.

# 10

## Yamada

Les bergers allemands avaient localisé un rectangle de terre fraîchement remuée. Une tente avait été érigée pour ne pas contaminer la scène. Sous cette toile protectrice, les techniciens creusaient une fosse qui semblait sans fin, surtout pour Yamada suant à grosses gouttes bien que dispensé de pelletage.

Son cœur s'affolait. Depuis son coma, les lieux confinés ne lui réussissaient pas.

S'extirpant de là, il prit une profonde inspiration et marcha vers le gros prunier. La nuit était tombée, des insectes s'affolaient dans le halo des projecteurs.

Il repéra des carapaces vides, celles des cigales mortes avec l'été. L'idée que leur puissant chant de cymbales était remplacé par celui des pelles l'attrista.

Sur son portable, il visionna la photo de Kate allongée à même le sol. C'était peut-être ce prunier qui avait projeté son ombre dans le cadre.

Watanabe lui fit signe de le rejoindre sous la tente.

L'équipe avait changé d'outils pour de petites pelles à main et des brosses.

On dégagea un pied chaussé d'une sandale argentée puis une jambe fine et enfin une hanche.

Le corps était celui d'une femme en robe bleue à motif floral et blouson en cuir souple gris clair.

Yamada sentit sa gorge se comprimer. Il pensa à sa propre fille, chercheuse en biologie à l'université. Brillante, calme, d'un naturel confiant et déterminé, un peu comme feu Kate Sanders. Impossible d'imaginer ce que serait sa vie si elle venait à disparaître.

L'équipe fit lentement émerger la morte de sa gangue de terre.

Visage couvert de griffures, bouche et narines pleines de terre, elle était couchée sur le flanc droit, les bras ligotés dans le dos au moyen de liens plutôt fins. En plastique bleu, apparemment. Le légiste annonça qu'elle avait été enterrée vivante. La position du corps, l'angle des jambes, les écorchures montraient qu'elle s'était débattue pour se déterrer, mais n'avait réussi qu'à modifier son orientation. De fait, elle avait creusé le sol parallèllement à la surface. Impossible pour elle de remonter à l'air libre.

Une méthode intentionnelle ? Si oui, on avait affaire à un tueur particulièrement vicieux.

Yamada relut ses notes dans son carnet.

Otokawa avait évolué au fil des années, jusqu'à tuer ses proies en les enterrant *ante mortem*. Son but était qu'elles suffoquent et souffrent.

À plus de dix ans de distance, Linda Clay et Kate Sanders avaient connu le même sort.

Mais Otokawa avait été exécuté.

Avait-on affaire à un copieur ? Ou, pire, à un admirateur se prenant pour sa réincarnation ?

Il s'éloigna pour téléphoner au commissaire.

— Attention où on met les pieds, Yamada. Tu m'as

bien dit que tu avais récupéré le dossier Clay aux archives ?

– Oui, patron.

– Il y a un pan de cette affaire dont tu ne te souviens probablement pas. (Encore ce ton méprisant. Mizuha ne s'améliorait pas en vieillissant.) La police japonaise a été ridiculisée par la presse étrangère. Otokawa a sévi plusieurs années avant d'être arrêté. Les journalistes australiens ont dit que, si nos enquêteurs avaient fait à temps le lien entre les homicides, Linda Clay et d'autres victimes seraient toujours en vie. Ils nous ont insultés. D'après eux, nous étions les policiers les plus démunis de la planète parce que notre pays a un taux de criminalité si bas que nous ne sommes ni préparés ni compétents face aux pires crimes de sang.

Le commissaire marquait un point. Ses inquiétudes étaient justifiées. Si l'équipe se ratait dans cette enquête, la hiérarchie ne manquerait pas de sévir et il y aurait des victimes collatérales. À commencer par Mizuha lui-même.

*Et moi*, comprit Yamada.

Portable collé à l'oreille, il se tourna vers la tente éclairée de l'intérieur. Dans le mouvement des corps en ombres chinoises, Watanabe était reconnaissable à sa chevelure survoltée.

– Bref, on a intérêt à être très patients face aux attaques qui ne vont pas manquer, et très réactifs. J'espère que tu le comprends.

– Parfaitement, patron.

– Bien. À tout à l'heure.

Le commissaire avait raccroché mais l'écho de sa voix ironique s'attardait. Le capitaine resta immobile.

– Chef ?

Son jeune lieutenant lui parlait. Ses joues étaient

76

souillées de boue, ce qui faisait d'autant plus ressortir la lueur inhabituelle de ses yeux. Un téléphone portable reposait entre ses mains gantées.

– On vient de le trouver dans un fourré. Impossible de l'allumer sans le code. (Il le glissa dans un sachet en plastique.) J'appelle Marie Castain, ou vous vous en chargez ?

– Vas-y.

Il aurait pu ajouter : « Puisque, contrairement à moi, ça ne te fait ni chaud ni froid d'annoncer la mort de quelqu'un à ses proches. » L'aplomb de son adjoint ne cessait jamais de le surprendre. Il l'observa pendant qu'il s'entretenait avec l'amie de Kate, et comprit que le père de la victime était présent et prenait le téléphone. Watanabe passa à l'anglais sans perdre contenance. Yamada ressentit une pointe d'énervement. Il ignorait qu'il parlait si bien cette langue et ne comprit pas un mot de la conversation.

Le lieutenant raccrocha et annonça que Sanders avait d'abord été assommé par la nouvelle, avant de s'énerver et de suggérer qu'ils n'avaient pas agi assez vite pour sauver sa fille. Il avait fini par se calmer et accepter un rendez-vous au commissariat.

Quel serait l'état de Sanders lors de cette entrevue ? Yamada savait comment se comportaient les parents japonais confrontés à la mort violente d'un proche, il se souvenait d'une affaire récente. Un couple dévasté après l'assassinat inexpliqué de leur fille de treize ans par une camarade de classe. Regards rentrés, recroquevillés sur leur douleur, ils s'excusaient à la moindre occasion, redoublaient de remerciements à l'égard du travail des enquêteurs et du temps qu'on voulait bien leur consacrer.

À l'évidence, Jason Sanders ne réagirait pas ainsi.

Un cri lui fit lever la tête. La lune éclaira un oiseau blanc et jaune qui filait vers le lac. Yamada se demanda s'il s'agissait d'un cacatoès.

# 11

## Marie

*Kate est morte. Mon amie est morte. La solitude est mon lot.*

Rien n'était stable et rien ne le serait jamais. La bouche d'ombre était vorace, elle dévorait les proches, méthodiquement. Une faim obscène. Toujours.

*Kate ne me conseillera plus. Elle n'essaiera plus de me faire lire. Ni de me protéger. Des autres. Et de moi-même.*

Dans les églises, on appelait ça une malédiction. Dans les journaux, une disparition. Mais les mots cernaient mal la vérité. Petits sons pitoyables, animaux craintifs, ils ne faisaient que renifler la vie. Personne ne savait. Personne ne comprenait vraiment.

Impossible de saisir une miette de sens. Rien. Ça résistait.

Marie leva la tête vers la vitre fendillée. Après sa conversation avec le flic, Jason Sanders avait balancé le téléphone contre la fenêtre avant de fuir, laissant sa valise et son manteau derrière lui.

Sa douleur était une vapeur acide s'attardant dans le studio.

Elle ramassa le gros manteau mou abandonné,

constata qu'il sentait bon, enfoui un court instant son visage dans ses replis. Le contact du cachemire était une caresse.

Elle fouilla, trouva un portefeuille, des photos. Deux enfants et une femme aux courts cheveux clairs...

*La nouvelle famille. Celle à laquelle Kate ne s'est jamais habituée.*

Elle remit photos et portefeuille en place. C'était le moment de la corvée. Le moment de téléphoner au Club Gaïa.

– Allô, Sanae ? Il est arrivé malheur à Kate.

La *mama-san* éclata en pleurs. Marie raconta ce qu'elle avait appris, expliqua qu'elle ne viendrait pas travailler.

– Je dois accompagner le père de Kate au commissariat.

– Qui a pu faire ça, Marie ? C'est si cruel... Impossible de continuer comme avant. Je n'ouvrirai pas ce soir. Les clients comprendront.

Sa voix était saccadée. C'était facile de l'imaginer, triste marionnette dans sa robe de bal, ses larmes, grasses de fard, dégoulinant sur son visage détruit. C'était facile aussi d'éprouver une certaine empathie pour elle.

*Une part de moi l'éprouve.*

L'autre part considérait froidement les faits tels qu'ils se dérouleraient. Après le meurtre d'une de ses hôtesses, ordre de la police, le Club Gaïa fermerait ses portes.

*Qu'est-ce que je vais devenir ?*

Ce bar, c'était un peu une famille. Bancale, pénible mais une famille tout de même.

Marie laissa la *mama-san* s'épancher puis raccrocha.

80

Elle pensa à Jason. Qui reviendrait lorsqu'il se sentirait capable de ne pas fondre en larmes devant elle.

Un verre de whisky en main, elle attendit devant la porte restée entrouverte que le pas énergique et déjà reconnaissable du père de Kate réveille la cage d'escalier.

Il s'excusa, annonça qu'il paierait le vitrier. Elle lui tendit le verre d'alcool qu'il avala d'un trait. Il la remercia enfin pour son soutien, et accepta sa proposition de l'accompagner au commissariat. Elle fut soulagée d'avoir gagné sa confiance. Le ton qu'il avait eu au téléphone lors de leur premier contact l'avait meurtrie, elle s'en rendait compte à présent.

Il s'assit dos au mur, les yeux dans le vague. Elle perçut la couronne d'énergie qui ondulait autour de lui. En face-à-face, cet homme était différent de ce qu'elle avait imaginé.

Elle comprenait la force de son lien avec Kate.

*

Yamada vint les accueillir.

Marie se proposa pour traduire leurs échanges. Le capitaine argua que la police disposait de ses propres interprètes, il valait mieux agir suivant les règles.

*Les règles.* Ce pays était une gigantesque usine à règles.

On les installa dans le même bureau exigu que la dernière fois. L'interprète, une jeune femme timide, les y attendait. Ils eurent droit aux attentions habituelles, thé, courbettes, sourires soyeux, paroles en coton. L'interprète traduisit rapidement et avec fluidité.

Le capitaine transmit ses condoléances à Jason, qui restait tendu, mains plaquées sur les genoux.

— Désolé de m'être emporté, capitaine Yamada. Je suis persuadé que la police japonaise déploiera les moyens nécessaires pour retrouver le meurtrier de ma fille.

Yamada l'observait d'un air perplexe. Marie comprenait pourquoi. Le langage corporel de Jason contredisait ses paroles. Et le capitaine percevait la menace. *« Vous avez intérêt à vous démener ou je vais piquer une crise. »*

— Ma fille était grande, plutôt solide. Comment celui qui l'a enterrée a-t-il bien pu s'y prendre ?

Mal à l'aise, Yamada se tripota la nuque. L'interprète évitait de le regarder.

— Nous n'avons pas encore les résultats de l'analyse sanguine, ni des urines.

— Elle a pu être droguée ?

— Peut-être.

— Elle est morte dans son sommeil alors ?

Un espoir dans sa voix. Fou et fragile.

— Le médecin légiste pense que non…

— Pourquoi ?

— Elle s'est clairement débattue.

— Il l'a violée ?

— Nous attendons les résultats du labo. Mais a priori non.

— Vous voulez dire que le type a calculé son coup pour qu'elle se réveille au bon moment. Et… qu'elle souffre.

— S'il l'a droguée, oui, c'est très possible. Mais c'est pure supposition. Il faut un peu de temps, monsieur Sanders…

82

Jason comprima sa bouche d'une main et ferma un instant les yeux.

– Et la photo, la phrase étrange, c'est lui ?

– Probablement. Je ne peux pas vous le certifier pour le moment.

– Vous avez retrouvé le portable de ma fille ?

– En effet…

– Où ?

– Non loin de la tombe.

– Vous avez fouillé la mémoire ?

– Nous sommes en train de le faire.

Jason allait hurler. Mais il ravala sa colère.

– Vous avez une piste ?

– Nous enquêtons avec le plus grand sérieux. Soyez-en certain.

– Il y a d'autres victimes ?

– Il est vraiment trop tôt pour le dire.

Jason continuait de le fixer, même pendant les plages de traduction, et le petit flic rondouillard était déstabilisé par ce harponnage. Son regard vagabondait, revenait toujours sur le visage magnétique de l'Anglais.

– Il l'a attirée dans un endroit paumé, vous êtes d'accord avec ça, Yamada ?

– Oui, bien sûr…

– Qu'est-ce qu'elle serait allée faire dans ce parc, si ce n'est retrouver quelqu'un qu'elle connaissait ?

– C'est ce que nous cherchons à déterminer.

– Vraiment ?

– Oui, vraiment.

– Vous avez un suspect ?

– Nous allons interroger un homme qu'elle fréquentait.

– Qui ça ?

– Il est encore trop tôt, monsieur Sanders…

– Marie prétend que ma fille n'avait pas de petit ami.

Elle eut droit à un regard farouche et se sentie blessée. Mais Jason retournait déjà sa colère contre le flic.

– Je veux savoir qui est ce type.

– Il dirige un bar à Kabukicho.

– Il a un casier judiciaire ?

– Non.

– Ça ne prouve rien.

– Bien d'accord avec vous, mais nous n'avons rien contre lui. Il connaissait Kate, c'est tout ce que nous savons pour le moment. Je vous garantis qu'il sera interrogé et que ses déclarations seront vérifiées.

– Je veux la voir, lâcha Jason en se levant.

– J'allais vous le proposer, mais peut-être vaudrait-il mieux que vous nous parliez d'abord de ses habitudes, ses ennuis éventuels. Cerner son caractère nous aidera beaucoup.

– Non, je veux la voir. Maintenant. Tant que j'en ai la force.

Yamada resta un instant interdit puis passa un coup de fil pour organiser leur venue.

*

La morgue se trouvait dans un hôpital universitaire, à deux pas du commissariat.

Remugle universel, putréfaction et désinfectants.

Un employé sortit le corps d'une armoire métallique. Marie, en retrait, vit le large dos de Jason Sanders se raidir. Moment de silence oppressé. Il déclara dans un souffle qu'il s'agissait bien de sa fille.

Kate de profil, ses cheveux lissés en arrière. Si paisible, si jeune.

*Kate, Béa, mes seules amies. Où êtes-vous ?*

*

Ils étaient assis côte à côte sur un banc, non loin du parc de Shinjuku, fermé pour la nuit. De temps à autre, et malgré l'heure tardive, un joggeur traversait leur champ de vision. Il venait de pleuvoir, le vent rabattait vers eux le parfum tiède de la végétation mouillée.

Jason devrait bientôt se rendre à l'ambassade pour rencontrer le consul, régler les démarches administratives, organiser le rapatriement du corps. Marie tentait d'imaginer au mieux ce qu'il éprouvait. Un écartèlement. Assommé par la douleur, il devait malgré tout agir, comprendre les rouages, être efficace dans ce pays compliqué.

Elle l'observa. Sa colère était dissoute pour le moment, rincée par le chagrin. Elle pensa que c'était de lui que sa fille tenait sa beauté. Ce regard perçant, cette présence élégante, puissante.

Kate avec laquelle il était en froid. Kate avec laquelle il n'avait pas eu le temps de faire la paix.

Il devait culpabiliser. Accaparé par sa deuxième famille, il n'avait pas été présent comme sa fille aînée l'aurait souhaité.

*Kate, tu as été chanceuse, en fait. Toi au moins, tu as eu un père.*

Il lui toucha l'avant-bras, geste rapide.

– Je ne veux pas vous prendre plus de votre temps, Marie…

– Ça ne me dérange pas. Pas question que je travaille cette nuit. Et de toute façon, je n'arriverai pas à dormir.

– Merci de m'avoir aidé. Merci de votre présence.

– Je reste avec vous, Jason. Cette ville…

– Oui ?

– … est trop grande pour ce qui vous arrive.

Il hocha la tête, dit qu'il devait téléphoner à sa famille. Elle le regarda s'éloigner, portable à l'oreille.

Sa façon de se mouvoir était sans défaut.

Certains êtres sortaient du lot. Même meurtris au plus profond, quelque chose en eux résistait. Leur vraie nature. Elle découvrait que Jason et elle partageaient la même force vitale. Celle qui la soutenait lorsqu'elle gravissait seule les sentiers forestiers ou domptait un voilier par gros temps. Une fois dépassés la fatigue physique et les mauvais souvenirs subsistait l'essentiel. Une animalité…

Il eut une dernière conversation agitée. La mère de Kate sans doute. Elle devait le noyer sous les reproches.

Quand il la rejoignit, elle proposa de le raccompagner à son hôtel de Roppongi. C'était le quartier le plus international de la ville. Truffé de bars à hôtesses, mais dans un genre nettement plus classe qu'à Kabukicho.

*

– Bonne nuit, Marie.

Il s'apprêtait à quitter le taxi, elle l'agrippa par l'épaule.

– Jason ? Vous voulez boire un remontant au bar de l'hôtel ?

– D'accord.

Il avait accepté sans hésiter. Son regard, elle le jugea reconnaissant.

Elle aimait l'aider. Une telle évidence, cela faisait si longtemps… Sa vie sociale à Tokyo était soit banale soit factice. Inutilement compliquée.

Il commanda deux whiskies au serveur.

Dans *La Cité des mensonges*, un personnage en séduisait un autre en lui décrivant toutes les nuances d'un Laphroaig. En écossais, la « grotte de la baie ». Une mer de sensualité dans un verre. C'était une belle scène, fluide, authentique.

Ils partagèrent un nouveau moment de silence. Un luxe comparé aux bavardages hystériques du Club Gaïa. Les vaines flatteries, les rires faux, les blagues de cul sinistres.

Elle aurait aimé rencontrer un homme, être séduite, se retrouver corps contre corps sans avoir à dire un mot. Mais, bien sûr, ça n'était jamais arrivé. Il fallait meubler, combler le vide. Alors que c'était le vide, justement, qui pouvait être brûlant.

Elle s'abandonnait à l'instant et à l'épuisement. Ses pensées l'emportaient. Au-delà de la noirceur. Au-delà du destin de son amie. Au-delà du grand mystère de nos existences et de nos liens. Ses pensées l'emmenaient vers l'ascenseur.

Ce qu'elle imagina la troubla. Jason et elle, pénétrant dans l'ascenseur puis dans la chambre… Elle lui faisait un don, celui de la vie. Parce qu'il avait besoin de sentir que tout n'était pas perdu.

Mais il fallait demeurer enrobés dans le silence.

La soie du silence.

– Marie ?

– Oui ?

– Je peux vous demander encore une faveur ?

— Tout ce que vous voudrez.

— J'aimerais… me rendre à Kabukicho.

— Cette nuit ?

— Non. On est exténués, vous et moi. Demain. Je veux comprendre. Ce que Kate cherchait dans ce quartier, dans cette vie. Vous êtes d'accord ?

— Bien sûr.

# 12

## Yudai

Akiko n'avait pas lésiné. Sa robe avait dû coûter une fortune, elle sortait de chez le coiffeur et était méticuleusement maquillée. Elle se prostituait depuis des années et avait mis pas mal d'argent de côté. Pour des projets futurs ? S'ils existaient, elle n'en parlait jamais. Il avait l'impression que son seul projet, c'était lui. Il n'en tirait aucune gloire.

Il l'avait rejointe dans un restaurant français renommé, au pied de Roppongi Hills. Le building disposait d'un dernier étage panoramique et Yudai avait bien l'intention de s'y rendre après dîner, une fois débarrassé d'elle, pour prendre un peu de hauteur et réfléchir. Ces dernières heures avaient été horribles. Malgré ses ennuis avec le clan Itami, il songeait sans cesse au silence de Kate.

Où était-elle ? Pourquoi cette distance entre eux ? Elle avait peut-être réalisé qu'il n'était qu'une coquille vide. Elle avait mieux à foutre que de perdre son temps avec lui.

Akiko, regard scrutateur, lui tendait la carte des vins et lui demandait de choisir. Elle voulait le prendre en défaut pour l'humilier et lui prouver par un calcul tordu qu'il ne valait pas mieux qu'elle.

Il se tira d'affaire en commandant du champagne, ayant lu quelque part que ça allait avec n'importe quoi. Akiko parut satisfaite. Il avait passé le test, il restait son prince charmant, raffiné, efficace. Sur sa lancée, il choisit le menu pour deux. Instinct et improvisation, le maître d'hôtel parut trouver son choix équilibré.

Akiko fut rapidement assez soûle. Elle parla d'un client qui lui avait demandé de tout plaquer pour vivre avec lui. Yudai se fabriqua son air le plus suave pour répliquer que ça ne l'étonnait pas.

— Tu es extrêmement désirable, Akiko. Quel homme libre et exerçant une profession normale pourrait te résister longtemps ?

Il prit un air peiné, jaloux. Elle lui jura que personne d'autre que lui ne réussirait à l'émouvoir.

Les *gaijin* étaient majoritaires dans ce restaurant. Si dans l'ensemble les femmes étaient jolies, Akiko était de loin la plus apprêtée. Elle ne tenait pas la comparaison face à l'allure fraîche et simple de Kate.

Le téléphone vibra dans sa poche. Toujours suave, Yudai demanda l'autorisation de répondre. Akiko fit la moue puis accepta d'un air royal.

Il reconnut la voix de son employé, perçut immédiatement son angoisse. Les flics étaient passés au Café Château.

— Ils te cherchent au sujet de Kate, Yudai. On a retrouvé son corps. Dans un parc...

Des mains imaginaires lui broyèrent la gorge.

— Ils l'ont localisée grâce à son portable. Ils veulent que tu les contactes...

Yudai leva les yeux. Le visage d'Akiko était flou.

Son téléphone lui tomba des mains. Il étouffait.

Vite, la sortie. Il bouscula quelqu'un. Son bras se coinça dans la porte à tambour. Un serveur le libéra.

Le crâne en feu, il traversa le parvis, tituba vers la balustrade qui les séparait de la rue, se pencha vers les voitures, les gens, l'inutilité de cette vie.

— *Tu sais quoi, Yudai ?*

— *Dis-moi, Kate.*

— *Tu es le plus grand menteur que je connaisse, mais il y a encore quelque chose de vrai en toi. Ne l'oublie pas, crétin chéri.*

Il s'affaissa, laissa monter les larmes. Le torrent coincé dans sa gorge explosa.

Un type voulut l'aider à se relever.

— Fous-moi la paix. Dégage.

Akiko déboula comme une furie, commença à faire une scène, lui balança manteau et portable à la figure. Elle venait d'avoir une conversation avec l'employé du Café Château. Instructive.

— Tu as quelqu'un dans ta vie ! (Traits déformés par la rage, elle était aussi laide qu'une femme-démon.) C'est la *gaijin* qui venait au Café Château, c'est ça ? Kate. Tu m'avais juré que tu ne la voyais plus !

Il rassembla assez de force pour lui demander de se taire. Elle hurla de plus belle. Des passants s'étaient arrêtés. Un type les filmait avec son smartphone.

— Tu m'as menti, Yudai.

— Qu'est-ce que tu croyais ?

— Tu m'as dit que tu n'avais personne.

— C'est la vérité.

— Et Kate ?

91

– C'est différent.
– Tu couchais avec elle !
– Non.
– Je ne te crois pas.

Elle fit neiger une liasse de billets, cria qu'il lui appartenait et qu'il ne pourrait rien y changer. Il ramassa ses affaires. *Je me casse, il me faut un taxi.* Le type au smartphone continuait à filmer.

Il demanda au chauffeur de rouler au hasard. L'autre le dévisagea dans le rétroviseur mais obéit.

*Je suis censé me présenter au commissariat. Impossible.*

Il aurait été incapable d'aligner deux phrases. Ce qui arrivait n'avait plus aucun sens.

Il donna l'adresse de la maison de retraite. Son téléphone sonna et afficha un numéro inconnu, il l'éteignit.

*

Son père dormait, la télé allumée en sourdine. Yudai prit sa main. Elle était froide et osseuse. Il lui raconta dans un murmure son histoire avec Kate, sans le réveiller.

Il n'avait plus de larmes. Ces confidences étaient son seul moyen pour ne pas devenir dingue.

Après un temps infini, un souvenir remonta à la surface.

Il est enfant, sa grand-mère lui annonce la mort de sa mère. Dans la maison, son père sanglote. Les nuits passent, Yudai n'arrive plus à dormir. Il s'allonge devant la télé, son coupé. Les images absurdes le calment, l'hypnotisent et le sommeil arrive.

Il coupa le son du téléviseur.

La lumière du jour le brûla. Il s'était endormi à même le sol, son manteau roulé en boule sous sa tête. Son père ne s'était pas réveillé. Sur l'écran, un parc avec un terrain de sport, filmé depuis un hélicoptère de la NHK. La police fouillait les lieux. Il mit le son. Un flic en civil interrogé par un journaliste. Il donna le nom de Kate, son âge, sa nationalité, son occupation à Kabukicho. Il ajouta qu'elle avait été « enterrée vivante ».

Yudai ravala une plainte. Son employé ne lui avait pas communiqué ce détail. Il eut le temps d'atteindre la salle de bains, vomit de la bile. Il se projeta dans le corps de Kate. Sous la terre, les yeux écarquillés dans le noir, cette douleur atroce dans les poumons, ce sentiment absolu d'abandon et d'absurdité. Elle avait vécu un cauchemar et ce cauchemar s'était étendu comme un nuage noir, jusqu'ici.

Ses mains tremblaient follement. Un insecte affolé lui rongeait la base du crâne, son estomac était gavé d'acide.

Il se passa la tête sous l'eau et réussit à reprendre ses esprits.

Son père remuait dans son sommeil. Il allait se réveiller, et lui demanderait ce qu'il faisait là. Trop faible pour apprendre la fin tragique de Kate, il ne le supporterait pas et irait plus mal.

*Tout ça à cause de moi, de ma vie merdique.*

Dans le fond, il portait la poisse à son entourage. Sa naissance n'avait rien apporté à sa mère. La maternité et la vie de famille étaient trop ennuyeuses, elle les avait largués, son père et lui, pour partir à Tokyo où elle était morte, seule.

*Et j'ai suivi ses traces. Des années plus tard. Pour savoir.*

Sans nouvelles de lui depuis son adolescence, son père s'était rongé les sangs. Jusqu'à ce que la maladie s'occupe de son cas.

Et Kate, à présent. Elle ne devait vivre qu'un an à Tokyo. Par amitié pour lui, elle était restée plus longtemps que prévu dans cette ville où l'attendait le pire des destins.

C'était Eri qui voyait juste. Il était aussi malsain qu'Issei de Roppongi et elle protégeait leur fils pour son bien.

*

Le taxi le lâcha dans sa rue, sous un ciel d'un bleu très pur. Kate aurait aimé se promener dans le quartier en sa compagnie. Il n'avait jamais osé l'inviter chez lui. Il le regrettait à présent.

Ressasser des regrets était tout ce qu'il allait pouvoir faire dans les années à venir.

Dans le hall de l'immeuble, un mouvement lui fit tourner la tête vers un inconnu de son âge qui avait l'air sûr de lui et de ses priorités. Sa coupe de cheveux était travaillée au gel, mais son costume faisait bon marché.

*J'ai éteint mon téléphone et je ne suis pas allé aux flics. Alors les flics viennent à moi.*

# 13

## Yamada

Si Yamada avait oublié les détails de ses enquêtes passées, il n'avait en revanche jamais oublié le cœur des hommes. Celui de Yudai lui paraissait normalement humain. Le jeune homme semblait dévasté par la mort de celle qu'il appelait son amie. Joues creusées, yeux cernés, costume froissé, il restait élégant, mais paraissait prêt à s'effriter comme une statue de sable. On l'interrogeait sans relâche, son discours ne changeait pas. Il jurait n'avoir rien à voir avec sa mort.

– Les rares moments où je ne travaille pas dans le bar, je les passe avec mon fils et mon père. Le reste du temps, je dors, seul chez moi.

Kate avait été tuée dans l'après-midi du lundi 5 octobre. Un moment de la journée pendant lequel Yudai affirmait être endormi, à son domicile de Denenchôfu. Il prétendait qu'elle avait tenté de l'appeler ce jour-là vers midi. Un appel sans message. Depuis, plus de nouvelles.

95

— Une équipe questionne tes voisins, reprit Watanabe. Pour l'instant, personne ne se souvient de t'avoir vu dans l'immeuble ce jour-là.

— Mes voisins et moi, on se connaît à peine, on n'a pas les mêmes horaires. Vous avez interrogé le concierge ?

— Oui, il ne t'a pas vu.

— Je rentre toujours aux petites heures de l'aube. Quand le concierge n'est pas encore arrivé.

— Possible. Mais il ne t'a pas non plus vu repartir.

— Il ne reste pas cloué dans sa loge. La résidence est vaste, il a à faire.

— Tu as réponse à tout, Yudai. Mais tu vois, ça me dérange. Habituellement, les innocents ont des répliques moins fignolées, si tu saisis mon idée.

— Je n'invente rien.

— Tu es pourtant un artiste du mensonge.

— Vous vous trompez. Je remonte le moral de mes clientes.

— Garde tes boniments pour elles, tu veux ?

— Jamais je n'ai brutalisé une femme. Et encore moins Kate.

— C'était ta maîtresse ?

— Je vous répète que non.

— Pourtant, elle t'appréciait beaucoup.

— Nous étions proches.

— C'est bien ce que je dis.

— Pas dans le sens où vous l'entendez.

— Elle t'a largué, tu t'es vengé. C'est compréhensible. Tes habituées te vénèrent et cette *gaijin* a osé te manquer de respect.

— Vous faites erreur, lieutenant. Et c'est grave.

— Vraiment ? Et pourquoi ?

— Pendant ce temps, un cinglé est libre. Et impuni.

– Tu t'exprimes bien. Je comprends pourquoi tes adoratrices avalent ce que tu leur racontes. Tu sais, je pense que ça te ferait du bien…

– Quoi donc ?

– De dire la vérité. Ça te libérera. Personne ne peut vivre avec une boule noire dans la poitrine. À moins d'être complètement fou. Mais tu n'es pas fou, Yudai, juste fatigué de cette vie. Ces centaines de femmes qui veulent la même chose de toi. C'est à vous dégoûter, non ?

– J'ai choisi ce métier. Personne ne m'a forcé.

– Vous êtes tous des dégénérés avec des enfances pourries. Des cloportes qui vivez de la faiblesse des autres. Kate était une fille un peu stupide, qui était venue dans ce pays pour l'argent facile. Elle était jolie. Elle te résistait. Yudai le Magnifique n'a pas supporté.

– Kate n'était pas stupide.

– Mais toi, tu nous prends pour des cons.

Watanabe lui asséna une claque sèche sur la tempe. Yamada fut tiré de ses pensées.

– Non, répondit Yudai en se massant la tête. Je suis lessivé, je ne sais même plus ce que je pense.

Ce n'était pas la première fois que Yamada voyait son adjoint lever la main sur un prévenu. Mais c'était plutôt réservé aux grandes occasions. L'affaire devait l'exciter et il s'en servirait probablement comme ascenseur pour une promotion.

Watanabe gifla encore Yudai, avec une force redoublée.

– Tu crois que j'ai pas compris ta méthode ? Kate t'appelle, soi-disant sans laisser de message. Tu lui téléphones plusieurs fois. Tu lâches un baratin inquiet sur son répondeur…

– On avait rendez-vous. Elle ne m'avait jamais fait faux bond avant…

– On a retrouvé son portable près de l'endroit où elle a été enterrée. C'est vrai, elle t'a appelé avant de mourir. Vers midi. Mais il n'y a que tes messages et textos dans la mémoire…

Yamada les observait en silence et constatait que son jeune lieutenant mentait au prévenu avec un naturel confondant. En réalité, la mémoire du portable contenait d'autres appels. Inquiets eux aussi. De la colocataire, du père et de Sanae, la *mama-san* du Club Gaïa.

– Et comme par hasard, tu les as envoyés après sa mort, poursuivit Watanabe. Alors laisse-moi te dire ce que j'imagine. Tu donnes rendez-vous à ta copine dans le parc, tu l'assommes, tu l'enterres vivante avant de rentrer tranquillement à Tokyo. Et ensuite, tu téléphones, tu joues au mec qui se fait du mouron.

– Je n'ai appelé Kate qu'en fin d'après-midi.

– Pourquoi ?

– Parce qu'avant je dormais…

Yamada tentait depuis de longues minutes, et sans y parvenir, d'imaginer Yudai, fort mince et par son mode de vie assez peu préparé au sport, une pelle à la main creusant une tombe de plus de deux mètres de profondeur.

Watanabe joignit ses mains derrière sa nuque et s'étira en souriant. Yamada l'admira de pouvoir passer de la colère au calme en quelques secondes. Pour sa part, il préférait le calme permanent, c'était moins fatigant.

– Tu lui as présenté ton père et ton fils. Hein ?

– …

– Réponds !

– Oui, elle les a rencontrés.

– À plusieurs reprises ?

– Quatre ou cinq fois. Je ne me souviens plus.

– C'était quand la première fois ?

– Je ne sais pas… Il y a plusieurs mois.

– On ne présente pas n'importe qui à sa famille. Tu voulais vivre avec elle, je me trompe ?

Le capitaine nota que le prévenu serrait ses poings comme s'il réfrénait l'envie de se jeter sur le lieutenant. Était-il si frustré du vide de son existence qu'il approchait du point de rupture ?

– Tu vois, Yudai. J'en reviens au même scénario. Un type s'ouvre enfin à une fille, mais celle-ci lui balance qu'il n'est qu'un minable au bout du compte. Alors il devient dingue. Une dinguerie passagère. Juste le temps de l'enterrer pour lui faire comprendre qu'elle a humilié la mauvaise personne. Aujourd'hui, ce type s'est calmé et regrette son coup de folie. On a bien compris, rassure-toi. Alors parle. Ça finira comme ça de toute façon, autant ne pas trop perdre notre temps. Tu me suis ?

– Ce n'est pas moi.

Watanabe but une longue gorgée d'eau minérale. Il s'était bien gardé de fournir une bouteille au prévenu lequel s'exprimait comme s'il avait un buvard en guise de langue.

– Otokawa, ça te dit quelque chose ?

– Non.

– Lui, c'était un vrai dingue. Les coups de folie, il ne connaissait pas, chez lui, c'était constant. Dis-moi pourquoi il t'inspire.

– Je ne sais pas de qui vous parlez.

– Le monstre d'Osaka. Otokawa, pendu en début d'année. Ça te dit forcément quelque chose. Les journaux en ont largement parlé. Chez nous, on ne croule pas sous les tueurs en série.

Yamada reçut un appel de la standardiste, qui lui annonça l'arrivée du professeur de piano de Chiba.

Il sortit l'accueillir et lui expliqua qu'un proche de la victime était en salle d'interrogatoire. On souhaitait savoir si elle l'avait déjà vu dans son quartier. Il la rassura en précisant qu'il n'y aurait aucun contact direct.

Elle put observer Yudai derrière la cloison pourvue d'un miroir sans tain.

– Je crois le reconnaître.

– Réfléchissez bien.

– Oui, je me souviens de son allure. Ses cheveux clairs. Son élégance. Il était seul. C'était l'été dernier.

Elle se souvenait de la chaleur, torride, et du chant forcené des cigales. Elle l'avait remarqué parce qu'il était en costume, et non pas en T-shirt et short comme la plupart des jeunes gens en cette période de l'année. Le costume était beige clair, peut-être en lin léger.

– Et depuis l'été dernier, vous l'avez revu?

– Non, jamais. Capitaine?

– Oui?

– Des bruits courent dans le quartier. Il paraît que la jeune femme a été… enterrée vivante. C'est lui qui a fait ça?

– Nous n'en savons rien pour le moment. L'enquête commence.

Il l'accompagna jusqu'au bureau central et demanda à un officier de recueillir sa déposition par écrit.

De retour en salle d'interrogatoire, il reprit place à côté de son lieutenant et s'adressa à Yudai.

– Tu es déjà allé à Chiba?

– Oui, sûrement.

100

– Oui ou non ?

– Oui.

– La dernière fois, c'était quand ?

– Aucune idée.

– L'été dernier, peut-être ?

– Je ne sais plus.

– Pourquoi ça ?

– Je dors mal.

– Et alors ?

– Il paraît que ça affecte la mémoire.

– Qui t'a dit ça ? ricana Watanabe.

Le regard de Yudai était comme déshydraté – s'il jouait la comédie, l'interprétation était magistrale.

– C'était avec Kate Sanders que tu étais à Chiba, l'été dernier ?

Le prévenu tenta d'articuler.

– Alors ? s'impatienta le lieutenant.

Yamada lui comprima l'épaule pour le faire taire. Il sentit son collègue se raidir.

– Réponds, dit-il à Yudai.

– Kate et moi, on est allés quelquefois pique-niquer dans les parcs de la ville. Je viens de me souvenir que l'été dernier, c'était à Chiba. C'est là que vous l'avez trouvée ?

Yamada resta silencieux, Watanabe eut la bonne idée de se mettre au diapason.

– J'ai entendu la NHK quand j'étais à la maison de retraite où vit mon père.

– …

– C'est à ce moment-là que j'ai appris qu'elle avait été enterrée vivante…

– Oui, on l'a retrouvée dans le parc où vous êtes allés, elle et toi, l'été dernier.

– Je ne suis pour rien dans ce qui est arrivé.

— Il n'y a aucun témoin pour le prouver.

— J'ai bien compris.

Les trois hommes restèrent silencieux, puis Watanabe agrippa Yudai par les épaules et le fit tomber avec sa chaise. Du pied, il comprima son ventre, l'empêchant de se relever.

— Lundi 5 octobre, Kate s'est habillée le plus joliment possible pour se rendre à un rendez-vous qu'elle a préféré garder secret. En dehors de son job d'hôtesse, elle ne fréquentait a priori pas d'autre homme que toi. Écoute-moi bien.

— Je ne fais que ça, gémit Yudai dont le crâne avait heurté le sol.

— C'est avec toi qu'elle avait rendez-vous dans le parc de Chiba ?

Une idée surprit Yamada. Le jeune homme avait affirmé avoir des problèmes de mémoire. *Comme moi*, pensa-t-il. Était-il possible qu'ayant fait du mal à son amie Kate, il ne s'en souvienne pas ? Il y avait peut-être deux Yudai en un. Et même plus que deux. Ce qui expliquait que le Yudai qu'ils questionnaient paraissait si sincère.

En attendant, il était nécessaire d'interroger une fois de plus le voisinage à Chiba, cette fois muni d'une photo.

Il téléphona au standard et demanda à ce qu'on vienne photographier le prévenu.

# 14

## Marie

Il faisait chaud aujourd'hui. Anormalement. Marie était nue sur son futon, une fine pellicule de transpiration rafraîchissait son dos, ses épaules. Son corps était une liane au repos. Les courbatures dues au manque de sommeil s'étaient dissoutes. Elle venait de se caresser pour se détendre, mais ça n'avait pas eu l'effet escompté. Au lieu du séduisant inconnu qui occupait habituellement son imaginaire, c'était à sa grande surprise quelqu'un de bien réel qu'elle avait convoqué. Elle avait joui en imaginant Jason lui faisant l'amour.

Elle se sentait un peu vide.

L'ordinateur reposait sur le tatami. Un rectangle noir compact comme une trappe vers son monde imaginaire. À partager bientôt avec d'autres. Beaucoup d'autres si la chance le voulait bien. Oui, c'était ce texte qui importait, plus que quoi que ce soit d'autre. Plus qu'une idée érotique délirante.

Elle l'alluma et ouvrit le fichier.

« Tokyo avait ressuscité mon intérêt pour le genre humain. Ma vie reprenait des couleurs,

103

chaque petite nouveauté était une occasion à saisir.

Je me constituai rapidement une clientèle. Des hommes pacifiques qui fuyaient une épouse indifférente ou cherchaient une oreille attentive pour se valoriser. Ils osaient parfois les questions salaces, mais je les supportais avec bonne humeur ; leurs grossièretés étaient si baroques qu'elles en devenaient amusantes.

Je devins une experte de la flatterie et du mensonge. J'interprétais chaque nuit un show où le client était la vedette et moi le faire-valoir. Et j'améliorais mon japonais.

Au fil des nuits, cela devint plus intéressant. Grâce à certains fidèles plus décontractés et cultivés que la moyenne, qui m'apprirent ce qu'il y avait à savoir sur mon nouvel univers, le *mizu-shobai* ou "commerce de l'eau".

J'évoluais désormais dans un monde flottant qui remontait au moins au XVIIe siècle et au shogunat des Tokugawa, période où les maisons de bains étaient devenues les hauts lieux de la prostitution. Je compris que le business de la nuit était très hiérarchisé. Le coït tarifé étant en principe interdit, les entrepreneurs du Kabukicho — autrement dit les yakuzas spécialisés dans l'industrie du sexe et ayant la mainmise sur le district — avaient trouvé mille solutions pour contrer la loi. Ce qui était permis s'organisait en pyramide, les établissements proposant des services progressifs impliquant bien sûr une variation des prix.

J'avais conscience de travailler dans la tranche la plus "gentille". Passer ou non à des activités plus rémunératrices ne tenait qu'à moi.

S'offrait la possibilité de plonger dans la prostitution et l'argent facile — je savais que certaines filles en gagnaient énormément —, mais, malgré mes principes incertains, mes mauvais souvenirs et mes ratages sociaux, je tenais bon. Je me testais. Il était satisfaisant de vérifier que, même si je traversais une phase d'"incertitude" — un euphémisme —, je n'étais pas pour autant prête à faire n'importe quoi avec n'importe qui.

Pourtant, malgré ses côtés répulsifs, le charme vénéneux et exotique de Kabukicho agissait puissamment. J'éprouvais une fascination qu'on aurait pu qualifier de malsaine... »

Il aurait fallu continuer de lire. Sinon comment tenir une conversation intelligente avec Mathilde, du Bureau du Livre ? Elle ne pouvait se passer de l'aide de cette femme.

Mais il lui était devenu presque impossible de se concentrer. Quelqu'un était entré dans sa vie. Jason avait empli le vide. Comme un airbag. Il fallait l'admettre, cet homme ne quittait plus ses pensées.

Il était le père de Kate. Avait l'âge d'être son propre père. Et il était en deuil. Et elle n'avait jamais aimé personne, n'était pas faite pour ça.

*Ce qui m'arrive est anormal.*

*Mais c'est arrivé.*

Dans quelques heures, elle le retrouverait à Kabu-kicho. Dans les odeurs de foutre et de fleurs coupées. Au milieu de ces milliers de solitudes amalgamées. Dans la chanson métallique des billes de *pachinko* et les murmures sexy des rabatteurs.

Kate disait qu'à Kabukicho beauté et déglingue étaient liées. Elle avait raison.

*

Galaxie d'idéogrammes, constellation de néons, et ces hordes de garçons aux allures de rock stars peroxydés, et ces escouades de filles travesties en collégiennes, infirmières, maids gothiques ou sex-symbols des années cinquante, des années soixante-dix et du futur.

— Qu'est-ce que Kate fabriquait dans ce Soho puissance dix, Marie, tu peux me le dire ?

Son ton et son attitude avaient changé. Il lui parlait comme à une proche. Normal puisqu'elle devait le guider dans l'univers qu'avait connu sa fille avant son engloutissement par un trou noir. Jason défiait Kabukicho. Il lui ordonnait d'ouvrir large sa gueule cosmique aux dents de lunes scintillantes. Avide, courageux, optimiste, il s'accordait la nuit pour comprendre.

Oui, mais par où commencer ?

Une fois franchi le portique rouge qui marquait avec une efficacité symbolique l'entrée du quartier chaud, les lumières vous irradiaient et la vitalité du lieu vous contaminait. Le moindre immeuble recelait un essaim de bars, salons de massage, restaurants empilés les uns au-dessus des autres, chacun signalé par une enseigne agressive. C'était l'heure où les pros

106

de l'industrie du sexe se pressaient vers leurs lieux de travail et où les premiers clients erraient déjà de bar en bar, de *soapland* en *love hotel*, de sex-shop en théâtre bondage ou en arcade de jeux électroniques.

La passivité poussiéreuse et rouillée du jour était repliée, roulée comme un vieux décor, la foule reprenait petit à petit possession du dédale des ruelles transfigurées.

Rabatteurs, portiers, putes, gigolos, *salarymen*, hôtes et hôtesses, *mamas-san* et boss yakuzas, serveurs de restaurant, gardiens et videurs, salariés des magasins ouverts vingt-quatre heures sur vingt-quatre et des *love hotels*, ils se rejoignaient, mus par un accord tacite, programmés pour se coaguler dans un plasma lumineux et mutant. Toujours le même, toujours différent, toujours avide et consciencieux.

Abondance de rires, de désirs et de détermination, ces mille voix entremêlées, celles du peuple de la nuit.

Jason remarqua trois Japonaises en fourreaux soyeux couleur sang, aux visages lourdement fardés dans l'esprit « faux bronzage retour de Hawaï ». Une rousse, une blonde, une brune qui buvaient du Red Bull devant un distributeur aussi cramoisi que leurs fringues. Grâce à la magie des décolorations, le noir génétique avait été banni et leurs chignons choucroutes les métamorphosaient en Brigitte Bardot miniatures.

Un trio pressé, concentré, déterminé à être le plus efficace possible.

C'était ce qui avait frappé Marie à ses débuts. Cette conscience professionnelle. Tous ces jeunes gens qui voulaient être les meilleurs dans leur job et apporter un service de qualité. Dans d'autres circonstances, elle en était persuadée, ils auraient fait d'excellents commerciaux, aussi motivés par leurs chiffres de vente que par la satisfaction des acheteurs.

Cette nuit, comme toutes les autres, les clients réclamaient le soulagement, la pulvérisation de la frustration, du stress et de la solitude. Ils exigeaient qu'on donne momentanément chair à leurs envies les plus tordues. Et les pros de Kabukicho étaient déterminés à y arriver.

*Et à palper un maximum de fric dans l'intervalle, Marie. Je ne comprends pas. Kate n'était pas particulièrement intéressée par l'argent...*

Elle entendait Jason penser, percevait son dégoût, sa colère comprimée. Il se forçait à arpenter ces rues hystériques, cœur en cendres, nerfs écorchés par le décalage horaire et le chagrin. Mais il y avait cette vitalité en lui. Une énergie que Marie trouvait de plus en plus remarquable. Elle en était persuadée à présent, c'était ce qui l'attirait vers lui.

Il oublia vite les Trois Grâces écarlates pour entrer dans un bar qui, d'après lui, n'avait pas l'air trop minable parce que des colonnes torsadées en faux marbre agrémentaient l'entrée. Bien sûr, il voulait se donner du courage, dénouer un peu sa peine.

Il voulut du whisky. Japonais. Il y avait pris goût. Elle pensa que ça devenait un rituel entre eux. Ils écoutèrent une chanteuse philippine enchaîner les standards américains.

Il fut interrompu par un coup de fil, parla sur un ton d'abord conciliant puis de plus en plus énervé. Marie comprit qu'il s'entretenait avec la mère de Kate, qui exigeait des tonnes d'explications. Il lui fit le bilan, tenta de la consoler quand elle pleura,

108

demeura immobile les yeux dans le vague après avoir raccroché.

– Mon ex-femme n'accepte pas, soupira-t-il.

– J'avais compris.

– Elle répète que c'est ma faute. Si je ne les avais pas abandonnées, elle et Kate, on n'en serait pas là. Et ainsi de suite.

– Elle souffre, Jason. Elle cherche une explication.

– Je sais, c'est compréhensible. Mais elle et moi, ça n'a jamais collé. Je n'y peux rien. Mais c'est vrai que ça a été dur pour Kate.

Marie essaya de le dérider et de se rendre intéressante.

Elle lui parla de cet incendie intervenu en 2001, à deux pas d'ici. L'une des pires tragédies japonaises depuis la fin de la Seconde Guerre mondiale et avant Fukushima. Le building Meisei 56 avait été dévoré par un incendie. Le feu était parti de l'étroit escalier encombré de serviettes sales et de caisses de bière. Les détecteurs de fumée étaient inexistants, les systèmes pare-feu bloqués, les flammes avaient englouti avec furie un bar à hôtesses et un club de ma-jong illégal.

Un incendie certainement volontaire, provoqué par un pauvre type assommé de dettes ou par une rivalité entre yakuzas. Les journaux avaient pointé l'implication possible des milieux japonais et chinois, une affaire d'impôts mafieux impayés. On avait dénombré une quarantaine de victimes, dont de nombreuses jeunes filles. Encore plus jeunes que Kate.

*La Cité des mensonges* s'inspirait de ce drame. Malgré son envie, Marie se garda de lui révéler ce détail.

– Les temps changent. Le pays s'apprête à accueillir les jeux Olympiques et les autorités veulent nettoyer

109

Kabukicho. Tu te balades dans un monde en voie de disparition, Jason.

Il l'écoutait à moitié. Peut-être pensait-il à sa seconde femme, la mère de ses deux gamins. Une jolie quadragénaire d'après la photo découverte dans son portefeuille. Cheveux blonds, sourire tendre, détermination tranquille. Marie n'avait jamais su ce qu'était une vie dans une famille normale et aimante. Jason, lui, savait. C'était un gouffre entre eux. Le seul sans doute, mais de taille.

*Mais rien n'est jamais infranchissable ni définitif, non ?*

– C'est bientôt son anniversaire. Mais tu le sais bien puisque tu étais sa colocataire.

Que pouvait-elle lui répondre ? Elle posa simplement sa main sur la sienne pour la serrer brièvement. Il lui rendit un bref sourire cassé. Il lui était reconnaissant de son soutien, elle le sentait bien, c'était déjà ça de pris.

Marie caressa l'idée de proposer un passage au *love hotel*.

Une attaque directe, un coup de bélier dans le cœur d'onyx de Jason… Mais non, pas maintenant. Encore un peu de patience. Pour le moment, son regard flottait au ras d'une tombe creusée à Chiba. Sur un belvédère qui ouvrait sur le lac de la Désespérance et le ciel des Vanités.

Elle pensa au roman. À *son* roman, qui racontait une histoire de mort et d'amour à Kabukicho. Une histoire mettant en scène des personnages proches d'êtres réels. *Ma création, celle qui sera publiée en France.*

Un jour, elle le ferait lire à Jason pour qu'il la

regarde avec admiration. Il comprendrait qu'elle l'avait écrit pour lui, avant même de l'avoir rencontré.

L'évidence s'était imposée lorsqu'elle l'avait revu. Il l'attendait sous l'écran vidéo géant face à la gare de Shinjuku, lieu de retrouvailles habituel des Tokyoïtes. Quand il lui avait fait signe, quelque chose en Marie s'était lacéré. Métamorphose à la fois heureuse et douloureuse.

Inutile de se dire que ce n'était ni le bon moment, ni les bonnes personnes. Elle ne se possédait plus, ne pouvait qu'aller à sa rencontre. Et s'offrir, même si elle ne valait rien. Jason avait peut-être en lui le pouvoir magique de faire d'elle une vraie personne. À qui tout serait pardonné.

— La mafia est omniprésente dans ce foutu quartier.

— Ils surveillent leurs affaires, Jason. Et ça marche. Depuis cet incendie, il n'y a jamais rien eu d'aussi grave.

— Difficile à croire. Tu es sûre que tu ne me caches rien ?

— À propos de quoi ?

— D'un lien éventuel entre Kate et ces truands.

— Pourquoi est-ce que je te mentirais ?

— Pour me protéger. Parce que tu penses que je suis capable de demander des comptes à ces types.

Elle lui sourit. C'était juste, elle voulait le protéger. Et était touchée qu'il s'en fût aperçu.

— Montre-moi le bar où Kate travaillait.

— Le Club Gaïa a été fermé par la police, tu le sais bien. Et Sanae, la *mama-san*, s'est toujours tenue le plus à distance possible des yakuzas.

À son regard, elle sut que ce n'était pas négociable.

111

*

Hanamichi dori. « L'avenue des fleurs ». Juste des mots, les lieux n'avaient rien de bucolique.

L'immeuble banal en carrelage beige. Les moteurs des climatiseurs rugissant sous chaque fenêtre. Le restaurant de sushi en rez-de-chaussée, ses lanternes de papier voletant au vent. Et au troisième étage, les mots *Club Gaïa* en rose fluo sur fond jaune. En caractères romains et en *katakana*, l'alphabet syllabaire utilisé pour la transcription des termes étrangers. Ce décor, elle l'avait vu six jours sur sept, pendant près de trois ans. Elle ne lui trouvait plus aucun charme.

*Partir. Loin et avec Jason.*

Il entra d'un pas décidé. Elle le suivit dans le minuscule ascenseur. Ce pèlerinage ne rimait à rien, mais quel autre choix avait-elle ?

Bien sûr, la porte de verre était close et une affichette de la police annonçait la fermeture. L'obscurité était trahie par les lumières filtrant depuis la rue. On distinguait le bar en cuivre, les bouteilles alignées sur les étagères en verre, les fauteuils Chesterfield vides. Un décor vieillot et qui n'avait rien d'inquiétant.

— Je crois qu'elle a été heureuse ici, Jason.

— Fumer, s'enivrer chaque nuit, écouter des niaiseries, ça épanouit, tu crois ? Qu'est-ce qu'elle cherchait, Marie ?

*Le moyen de te surprendre, mais elle n'en a pas eu le temps. Tu es un homme bien trop pressé.*

Elle perçut une conversation sourde. En français. Comprenant ce qui se passait, elle sonna sous le regard interloqué de son compagnon.

Sanae vint ouvrir. Marie fit les présentations.

112

Jason eut la bonne idée de s'excuser. Il avait été brutal au téléphone. Ce soir, si Sanae acceptait de le recevoir, il lui en serait très reconnaissant.

La *mama-san* apprécia sa belle gueule en silence et se laissa convaincre.

Elle les fit entrer dans son bureau.

*Plein Soleil.* Alain Delon mentait avec aplomb à Maurice Ronet.

Elle coupa le son du lecteur DVD, leur servit son meilleur whisky et se lova dans son fauteuil avec ses mines de chatte habituelles. Jason la questionna. Elle lui parla de Kate, de sa nature généreuse. Elle commença à s'exprimer dans son anglais approximatif puis y renonça et demanda à Marie de traduire.

— Je ne comprends pas pourquoi elle a voulu travailler à Kabukicho.

— Pour la même raison que les autres, monsieur Sanders.

— C'est-à-dire ?

— Personne ne vous juge ici. Peu importe votre passé, les erreurs commises, vous pouvez redémarrer de zéro. Chacun à sa chance.

— Kate était allée à l'université. Elle aurait pu avoir un bel avenir…

— Ne vous offensez pas, mais… sa vision de l'avenir était sans doute différente de la vôtre. Une question de génération, et tout le monde n'est pas fait pour travailler en entreprise, pour mener une vie rangée. Kate était créative, ouverte d'esprit. Je pense qu'elle se cherchait. Et que l'ambiance cinglée mais vibrante de Kabukicho l'inspirait.

Dans son rôle de traductrice, Marie se sentit vite isolée, voire exclue. Kate était revenue à la vie grâce aux souvenirs communs de son père et de sa patronne.

113

Kate, délicate et solaire, avait toujours brillé, et elle continuait au-delà de la mort.

Jason l'obstiné voulut savoir si sa fille avait eu un lien quelconque avec la mafia.

— Pas à ma connaissance.

— Ce sont eux qui tiennent ce quartier…

— Ils sont avant tout des hommes d'affaires.

— Pas des tueurs maniaques, vous voulez dire ?

— C'est ça. Ils ne sont pas gratuitement violents.

Il la questionna à propos de sa clientèle.

— Ils sont devenus des amis. Cela fait des années qu'ils viennent. Ce sont des clients de tout repos.

L'expression intrigua Marie.

Une familiarité.

Elle se souvint. *Des clients de tout repos*. C'était le terme utilisé par Kawabata dans *Les Belles Endormies*. Kate aurait tant voulu que Marie lise ce roman. À défaut, elle lui avait raconté l'histoire. Plutôt tordue. Des vieillards fréquentaient une auberge bizarre pour y passer la nuit auprès d'adolescentes plongées dans un profond sommeil grâce à des narcotiques. En bref, ces vieux schnocks étaient des clients « de tout repos » car ils ne bandaient plus.

Jason orienta la conversation sur Yudai. Sanae confirma l'avoir rencontré au moment où il était la star de Kabukicho, l'hôte numéro un.

— Pourquoi « numéro un » ?

— Il y a un classement. Le système est basé sur la compétition entre les hôtes.

— C'est à celui qui aura le plus de clientes ?

— Oui, même si en conséquence il a moins de temps à consacrer à chacune d'elles.

— Quel intérêt pour ces femmes ?

— Ce sont en grande majorité des travailleuses de la nuit dont la vie n'est pas toujours rose. Elles aiment soutenir leur héros. Si leur *shimeisha* gagne en célébrité, en statut, ce gain rejaillit sur elles. Et les valorise. Cela les aide à supporter leur propre existence.

— Pourquoi Yudai est-il plus demandé ?

— Il est moins beau que certains hôtes, mais sa séduction est bien supérieure. Parce qu'il ne fait presque rien pour cela, c'est naturel.

— Un menteur-né ?

— C'est plus compliqué.

— Expliquez-moi.

— Je crois savoir d'où lui vient ce charme inhabituel… Il y a une quête et une vérité en lui. Il est venu à Tokyo non pour gagner de l'argent mais pour retrouver les traces de sa mère. Elle les avait quittés son père et lui. Yudai pensait qu'elle avait fini sa vie à Kabukicho.

— Une prostituée ?

— Je ne sais pas exactement.

Marie comprenait enfin pourquoi elle avait ressenti une connexion avec Yudai. Il avait perdu sa mère, comme elle. Ils étaient les deux faces d'une même pièce.

— Il a tué Kate ? articula Jason.

— Vous vous trompez, Sanders-*san*. (Elle s'accorda une gorgée de whisky, ferma un instant les yeux.) Yudai est incapable de tuer.

— La police le questionne depuis plusieurs jours. Alors qu'est-ce qui vous rend si sûre de vous ?

— L'intuition. L'habitude. Moi aussi, j'ai été hôtesse. On apprend à percer les cœurs.

Marie mâchait son amertume. Tout ce temps à travailler au Club Gaïa, et la *mama-san* n'avait jamais été aussi directe et généreuse avec elle.

Sanae faisait les yeux tendres à Jason, il lui plaisait. Ridicule, elle n'était qu'une momie desséchée.

*

Ils avaient écumé d'autres bars, parlé à n'importe qui. Conversations inutiles. Jason avait lancé des perches pour rien. Personne ne connaissait Kate, mais des milliers de Tokyoïtes avaient vu son visage au journal télévisé ou sur les réseaux sociaux. Certains avaient voulu faire des selfies avec Sanders-*san*, célébrité du moment, puisque sa fille était une victime médiatisée. Il avait accepté au cas où l'un d'eux aurait eu quelque chose à lui apprendre.

Jason remuait ciel et terre, allait où le vent du hasard le menait.

Elle fut patiente. Il renonça enfin à questionner des inconnus. Les charmes ou les maléfices du quartier commencèrent à agir sur lui au même titre que l'alcool ingurgité. Kabukicho, devenu magnifique, brilla de mille feux et se mit à bruire de mille voix. Marie fut portée par celle de Jason. Il lui parla enfin. De sa nature profonde, de ce dont il rêvait malgré son deuil. Son goût du voyage était toujours là. Il s'était assagi trop tôt.

*Tu as envie de continuer à vivre, malgré tout.*

L'écoutant, Marie s'imaginait en partance avec lui, n'importe où. En sécurité.

– Je commence à comprendre ce qu'elle aimait ici. Kate a toujours été attirée par les villes. Gamine, elle se voyait journaliste, racontant le monde tel qu'il était, le beau, le laid. Et puis elle a renoncé, parce

116

qu'il n'y avait plus d'avenir dans la presse écrite... Je continue de penser qu'elle aurait pu trouver mieux qu'hôtesse de bar. Je ne dis pas ça pour toi, Marie.

– Je ne me sens pas offensée. En fait, j'ai décidé d'arrêter.

– Tu fais bien. Si le tueur n'est pas Yudai, ça signifie qu'il court toujours.

Ils achetèrent de l'eau minérale et s'adossèrent au distributeur. Sur la façade d'un immeuble, un crabe rouge géant remuait lentement ses pattes au-dessus d'un restaurant. Non loin, le magasin gigantesque, le Toya Supermarket, qui vendait de tout et ne fermait jamais. Du caviar, du fromage, des chemises, du shampooing... Et des médicaments. Des médicaments très utiles pour les travailleurs de la nuit qui avaient souvent des problèmes d'endormissement.

Ils s'observèrent un instant. Elle crut à un baiser. Mais non, il se remit à téter sa bouteille d'eau.

*La société nous refuse le droit d'être ensemble.*

Elle n'avait pas cessé de le respirer cette nuit, avait trouvé toutes les occasions de le toucher. Lucidité, si elle voulait l'avoir à elle au-delà de ce qui les séparait et des interdits sociaux, il fallait qu'elle agisse. Cette nuit, pas une autre. Pendant que l'alcool, leurs déplacements incessants, le décalage horaire et les émotions de ce drôle de pèlerinage l'affaiblissaient. Il était son désir. Et sa proie.

*Les Belles Endormies* lui avaient donné une idée. Mais c'était une idée dangereuse, l'une de celles qu'elle n'aurait pas dû avoir.

– Allons dans le bar de Yudai, Marie. Le Café Château.

– Pourquoi?

– Parce que ce petit monde est trop solidaire.

117

– De quoi parles-tu ?

– Kabukicho, la police, les yakuzas. Tu prétends que les autorités veulent nettoyer le quartier ; pourtant il tourne à plein régime. Il y a trop d'argent en jeu. Bientôt, la mort de ma fille n'intéressera plus personne. Je veux faire le maximum tant que je suis ici. Mes finances ne sont pas extensibles et ma famille m'attend.

*Douche glacée. Non, ne me fais pas ça.*

C'était dit. En fait, il n'avait jamais cessé de penser à ses proches. Elle avait été folle de croire qu'il pourrait oublier sa vie pour elle. Folle de l'imaginer dans ses bras cette nuit.

Elle se concentra pour ravaler sa frustration, et la colère qui grognait entre pubis et plexus. Cette colère dont elle connaissait la puissance rentrée.

Elle lui sourit. Puisqu'il le souhaitait, elle lui montrerait le chemin du Café Château. Mais ce serait encore un déplacement inutile. Certaines portes ne s'ouvraient que pour certaines personnes.

Elle lui fit signe de la suivre. Ils marchèrent contre le vent humide qui s'était renforcé, chacun enveloppé dans la grisaille de ses pensées.

*J'avais cru à une possibilité. Jason, tu ne veux pas comprendre…*

\*

Le parking marquait une frontière. Au-delà commençait le monde des hôtes. De jolis papillons, brillants et éphémères. Il fallait s'enfoncer au cœur de Kabukicho pour les rencontrer. Et au cœur de la nuit puisqu'ils ne démarraient vraiment leur activité qu'après la fermeture des bars à hôtesses, salons de

118

massage, clubs de strip-tease. Au moment où les filles terminaient leur travail. C'étaient elles qui finançaient Yudai et ses confrères. Jason avait raison de les considérer comme de pauvres débiles.

Marie savait exactement pourquoi Kate avait choisi de devenir une cliente de Yudai. Elle savait aussi qu'elle le connaissait de réputation avant même de venir au Japon. Mais bien sûr, elle ne pouvait le révéler ni à Jason ni aux flics.

Le Café Château occupait le quatrième étage d'un petit immeuble. La façade était entièrement placardée des portraits géants et lumineux d'une douzaine de jeunes hommes, classés par popularité. Des regards langoureux, provocateurs, ironiques, romantiques. Des coupes de cheveux savantes, des tenues sophistiquées.

Yudai, en costume blanc et chemise satinée argentée, était le plus charismatique, la finesse de ses traits restait virile, son regard pétillait d'intelligence.

Ils prirent l'ascenseur couvert de miroirs, Marie observa la silhouette de Jason reproduite à l'infini, et fut projetée dans une nouvelle dimension, un monde sans soif ni faim ni peur ni souffrance. Un gigantesque espace d'amour où flotter à deux pour l'éternité. Mais c'était un rêve, une projection mentale.

*À moins que...*

Ils entendirent les rythmes assourdis d'une musique électronique et des voix puissantes. Qui hurlaient à l'unisson : « PRINCESSE ! VIVE LA PRINCESSE ! » Derrière un pupitre, un mince dandy aux mèches rousses gonflées comme une meringue, en costume gris à gilet évoquant l'uniforme d'un concierge de palace. Il les salua, puis expliqua d'une voix douce mais ferme que les hommes n'étaient pas autorisés dans l'établissement, le bar étant réservé au divertissement exclusif des clientes. Marie garda un visage de marbre et traduisit pour Jason. Elle pensa qu'il allait se mettre en colère et envoyer valser l'ébouriffé et son ridicule pupitre. Ses yeux lancèrent des éclairs, il insista pour que Marie parlemente. Le dandy tint bon.

— Dis-lui que je veux voir le gérant. Dis-lui qui je suis et pourquoi je suis là.

— Et pourquoi tu es là, au juste?

Elle s'était exprimée d'une voix gentille, la même que celle qu'elle avait appris à utiliser pour ses clients.

— Qu'est-ce que tu veux dire?

— Tu crois vraiment que tu récupéreras des informations? Les fidèles employés de Yudai te regarderont avec de grands yeux vides et ne te diront rien. Ce serait pareil en Europe, non? Tout le monde veut garder son boulot.

Il la toisa quelques secondes, puis déclara forfait tandis que les clameurs continuaient de faire trembler les murs. Ils reprirent l'ascenseur sous le regard soulagé du dandy qui les salua bien bas, à plusieurs reprises.

Dans la rue, Marie lui expliqua que les *gaijin* étaient souvent refusés dans les bars à hôtes et hôtesses pas tant pour une question de racisme mais parce qu'ils ne maîtrisaient pas les codes. Les gérants ne raffolaient sans doute pas des étrangers, mais ils ne voulaient surtout pas affronter de situation délicate. Le client qui trouve la note trop salée et fait un scandale. Celui qui découvre au dernier moment qu'il faut payer en liquide. Le chaud lapin qui ne se contente pas d'une causerie et exige de coucher avec l'hôtesse.

– Les Japonais adorent le jeu, mais, contrairement à nous, ils apprécient de toujours respecter les règles. Tu me suis ?

Elle marchait déjà vers la gare. Il se mit à son pas, lui demanda pardon.

– Tu dois être épuisée.

Elle l'observa, le jugea sincère, regretta d'avoir été dure avec lui. Il lui demanda l'origine de ces hurlements au Café Château. Elle déclara qu'il devait s'agir d'un « *champagne call* ». Ce moment spécial où une habituée fêtait un événement particulier, un anniversaire par exemple. Tous les hôtes quittaient momentanément leurs clientes respectives pour se rassembler autour de la princesse de la soirée tandis que le champagne coulait à flots. Ils entonnaient un hymne, chantaient ses qualités entre louanges et rigolade. L'hôte favori était bien sûr aux petits soins et aidait sa belle à boire. Ladite princesse devait ensuite s'acquitter d'une note gratinée. Le champagne était toujours vendu au prix fort. Certaines idiotes engloutissaient leur revenu mensuel dans l'aventure.

– J'appelle ça un cercle vicieux, Marie. C'est ce qui maintient ces filles dans la prostitution, non ? Au lieu d'une ligne de coke, elles se payent un mec ?

– Va savoir.

– Incompréhensible, soupira-t-il.

*Oui, comme cette envie folle que j'ai de toi. Tu n'es pas encore capable de la comprendre. Alors on va faire autrement.*

Elle lui prit la main.

– Je crois qu'on n'a plus rien à faire ici, Jason.

– Oui, possible.

– Il n'y a plus de métro, je vais te déposer en taxi à ton hôtel, ensuite je rentrerai chez moi à Nakano. Mais j'ai besoin d'un dernier verre.

– On est déjà pas mal imbibés, non ?

– Cette plongée dans mes trois années passées avec Kate m'a fait mal. L'alcool va diluer ça, tu vois ?

– Pardon de t'avoir entraînée.

– Ne t'excuse pas.

Elle lui demanda de l'attendre là, elle avait une petite course à faire. Il acquiesça. Elle entra dans le Toya Supermarket, se rendit au rayon pharmacie et acheta des somnifères.

Ils entrèrent dans un bar agréable, où elle s'était rendue à plusieurs reprises avec des clients. Et notamment avec Norio, avant de finir au *love hotel*. Cette nuit-là, elle s'en souvenait, il lui avait offert un bracelet Cartier. Elle pourrait bientôt le mettre au clou, lorsque sa vie à Kabukicho serait vraiment derrière elle.

Norio la baisant. Personne ne savait. Sauf Kate parce que Kate était maligne et devinait tout. Quant à Sanae, elle était géniale quand il s'agissait de ne pas vouloir savoir. Au Japon, pays de la règle et du principe, les hôtesses ne couchaient pas. Sauf celles qui couchaient. C'était compliqué, c'était simple. C'était comme ça.

Lorsque Jason se rendit aux toilettes, elle en profita pour mélanger le somnifère à son whisky. À son retour, il le but sans se méfier.

Dans le taxi, tandis qu'il bâillait à n'en plus finir, elle s'imagina explorant son corps avec sa bouche et ses mains.

– Marie... Les hôtes...

– Oui ?

– Ils ont tous des allures de rock stars qui auraient… oublié leur guitare au vestiaire. Les filles aiment vraiment ça ?

– Oui, Jason.

– Tu prétends que ces types ne couchent pas avec leurs clientes. J'ai du mal à y croire.

– Les hôtes les plus cotés ne sont plus obligés de coucher. J'en suis certaine.

– Les aristocrates ? Mais pour la piétaille, c'est différent, non ? On les voit racoler sur les trottoirs. Ils ne sont pas à ça près. Ne me raconte pas d'histoires…

– C'est possible. Tout se négocie.

– Allumeurs de cigarettes, bonimenteurs, réceptacles à confidences et gigolos, une profession vraiment normale ! Et dire que Kate faisait la même chose.

– Elle allumait des cigarettes, mais ne couchait pas. Tu vas enfin me croire, oui ou non ?

– Je n'y comprends toujours rien. Et ça me rend dingue.

Il se frottait le visage des deux mains. À la pression de son épaule contre celle de Jason, elle sut que son grand corps se relaxait.

– Bon sang, je me sens vanné, Marie. Pas toi ?

– Ça ira, j'ai l'habitude.

Roppongi. Ils étaient arrivés. Le chauffeur aida à le faire sortir de voiture et à entrer dans l'hôtel.

Dans l'ascenseur, il devint quasi comateux. Elle le soutint. Il marmonna.

– J'ai trop bu, je suis con…

– Mais non, tu as besoin d'évacuer la souffrance. Je comprends.

Une fois dans la chambre, elle le fit s'allonger. Il s'endormit vite.

Elle le dévêtit, se déshabilla à son tour et se glissa dans le lit.

Il était à elle. Pour la nuit.

Sa peau était merveilleusement douce. Et salée, à cause de la sueur séchée.

# 15

## Yudai

*Vendredi 9 octobre,*
*17 heures.*

Yudai n'avait ni mangé ni bu depuis une douzaine d'heures, et à peine dormi. Il sombra deux secondes, rêva d'eau fraîche. Il était un arbre sec, la flotte regonflait ses racines.

Un étau broya ses tempes. Watanabe. Qui l'avait réveillé en le cognant.

– On a interrogé ton adjoint qui a évité de nous faire perdre notre temps, lui. Il y a quelques mois, Kate Sanders venait chaque semaine dans ton bar. C'était toi, son *shimeisha*. C'est bien ça ? Hé, réponds !

– Oui… C'était moi.

– Chaque nouvelle cliente a le choix dans le cheptel, ensuite elle garde son hôte attitré. C'est ça ?

– C'est ça.

– Explique-moi. Kate a cessé de fréquenter le Café Château. Et pourtant, votre relation s'est maintenue, mais à l'extérieur. Tu m'entends ?

– Oui.

– Qu'est-ce que je viens de te demander ?

125

— Notre relation… à l'extérieur du bar.

— Ça a étonné ton adjoint parce que ça n'était jamais arrivé avec une autre.

— Il n'y avait plus d'histoires d'argent… entre nous…

— Fantastique. Et pourquoi ?

— Elle était devenue une amie.

— Joli conte de fées. Je pleure.

— C'est vrai.

— Convaincs-moi, Yudai.

— Kate était différente.

— De qui ? De toutes les putes que tu as connues ? C'est donc vraiment idiot de ta part de l'avoir supprimée.

Ils l'avaient arrêté quand ? Hier. Pourtant, il avait l'impression de croupir dans cette turne sans fenêtre depuis une éternité. Sommeil interdit. Une soif horrible. Et ces salopards se succédaient pour l'interroger. Il maintenait ses dires. Mais est-ce qu'ils ne finiraient pas par l'avoir à l'usure ? C'était ce qu'ils faisaient avec tous les types qu'ils arrêtaient. Ils étaient comme les corbeaux de Tokyo qui attendaient patiemment que les sacs-poubelle s'entassent pour les piller et bâfrer… On les chassait, ils revenaient.

— Elle était… ma seule amie véritable. Je ne lui ai jamais fait de mal.

— Elle avait de l'argent ? intervint Yamada.

— Je ne sais pas…

Ses paupières s'effondraient. Il s'endormit, fut réveillé par une nouvelle claque. Le visage du flic se distordait. Les murs aussi.

— MAIS SI TU SAIS, MINABLE ! beugla le lieutenant.

— Non…

— Ces filles-là dépensent leurs économies dans vos

126

bars. Souvent, elles s'endettent et tombent dans un cercle infernal.

– On ne force personne…

– Je me dis que Kate était ta préférée parce qu'elle était probablement à l'aise financièrement.

– Je ne sais pas quoi vous dire de plus…

– Elle était l'une des plus jolies du moment à Kabukicho. Jeune, blonde, agréable. Ses habitués le disent, on les a interrogés. Elle avait dû gagner pas mal. Ce genre de fille, c'est une mine d'or et tu voulais en profiter, mon salaud.

– Arrêtez de m'insulter. Je ne suis pas celui que vous décrivez.

Le flic cinglé leva la main. Son chef interrompit son geste.

– On va le laisser un peu dormir.

# 16

## Yamada

*Samedi 10 octobre,*
*19 h 15.*

Elle lui avait proposé de passer à son bar, une idée étrange puisque le Club Gaïa était fermé sur ordre du commissariat. Mais Sanae avait toujours été un rien excentrique.

Vêtue d'une robe élégante, cheveux retenus dans un chignon, regard humide et attentif, elle le reçut dans son bureau. Constat, l'émotion était là, mais ils avaient pris un coup de vieux tous les deux. Yamada avait un temps oublié les affaires sur lesquelles il travaillait mais jamais ses échanges avec la *mama-san*. C'était curieux. Ils ne s'étaient pas revus depuis son coma, pourtant leur connivence était intacte.

Elle le fit s'installer dans le confortable fauteuil club et servit du whisky. Elle ne mit pas de glace dans celui de Yamada, preuve de sa mémoire prodigieuse, et de sa délicatesse. Elle écoutait du jazz. Un orchestre en pleine forme. Peut-être bien Art Blakey et ses Jazz Messengers.

– Kentaro, tu m'as vraiment manqué. J'ai appris

pour ton agression. J'ai voulu venir à l'hôpital, et puis j'ai pensé que ta famille n'apprécierait pas…

Il se sentit gagné par la nostalgie. À une certaine époque, Kabukicho avait le visage de cette femme. Les hommes se passaient le mot. Il y avait une jeune beauté dans le quartier. Tous voulaient passer du temps avec la troublante Sanae.

– C'est terrible de penser que c'est la mort de Kate Sanders qui nous réunit. C'était mon employée préférée…

Il l'écouta lui parler de l'hôtesse anglaise. Elle aussi n'avait que des choses positives à dire à son sujet. Féminine, sensible, intelligente. Et drôle.

– La beauté est presque un handicap, tu sais.

– Dis-moi.

– Une jolie fille est le centre d'intérêt général. C'est flatteur, puis vite épuisant. Tu es repérée comme une proie. Les clients ont quelquefois du mal à se tenir.

– C'était le cas ?

– Non, Kate avait trouvé d'instinct la bonne attitude. Il faut un caractère trempé et d'excellentes racines pour ne pas ployer.

– Kate les avait d'après toi ?

– Elle me parlait souvent de ses parents. Surtout de son père. Kate l'admirait même si leurs liens s'étaient distendus.

– Pourquoi ?

– Parce qu'il s'est constitué une nouvelle famille.

– Je vois.

– Hier, il est venu m'interroger. Il était accompagné de Marie. Je leur ai donné quelques informations, mais j'ai gardé l'essentiel pour toi.

– Merci.

– Jason Sanders est un homme intéressant, mais il n'a pas confiance en notre police.

Il but sa première gorgée de whisky. Jadis, les whiskies nippons servis au Club Gaïa ou ailleurs étaient vraiment infects. Plus maintenant. Celui-là, c'était du velours.

– Pourquoi cette gamine a-t-elle atterri ici ? Des dettes ? Une fuite ? Un passé à laisser derrière elle ?

– Non, elle voulait se servir de cette expérience pour créer.

– D'accord, mais quoi ?

– J'aimerais pouvoir te le dire.

– Vous avez passé des heures à vous faire des confidences, ici même, dans la moiteur de la nuit… Je te connais.

– Je suppose que c'était une œuvre artistique.

– De la musique ?

– Peut-être. Elle se débrouillait très bien au karaoké. Les clients aimaient sa voix.

– Tu penses qu'elle voulait se lancer dans la chanson ?

– Je ne sais pas. « Vivre à Tokyo déploie mon imagination. » Voilà ce qu'elle me confiait. Mais elle ne voulait rien me dire de plus. Ou du moins pas tant que ça n'était pas abouti.

– Elle en parlait aux clients ?

– Non. C'était une hôtesse remarquable. Sa méthode c'était de les faire rire, pas de les ennuyer avec des états d'âme compliqués.

– Jamais de problèmes ? Avec aucun d'eux ?

– Je ne sais pas si on peut appeler ça un *problème*…

– Dis-moi.

– Norio Kashima, le dessinateur de bateaux. Au

130

début, Kate était son hôtesse attitrée. Leurs relations se sont un peu… refroidies.

– Pourquoi ?

– Kate ne couchait pas avec les clients. C'est sans doute la raison pour laquelle Norio a changé de favorite. Il a choisi Marie. Je sais qu'ils vont de temps en temps au *love hotel*.

Il but une gorgée de whisky et attendit la suite. Kabukicho était le plus âpre des quartiers chauds. Mais certains bars étaient plus tranquilles que d'autres. Le Club Gaïa avait une réputation pépère. Sanae n'exigeait probablement rien de ses employées à part une politesse parfaite et une certaine dose de soumission pour que les clients se sentent importants. Pour le sexe, la *mama-san* laissait ça à la « discrétion » de ses filles.

– J'ai toujours eu du mal à comprendre Marie, poursuivit-elle. C'est une gamine sans guère de caractère qui vivait dans l'ombre de Kate. Elle a copié son style sans parvenir à l'égaler. J'ai failli la renvoyer, parce qu'elle n'était pas assez aimable avec les clients et n'avait pas suffisamment de *dohan*. Et puis Kate m'a demandé de lui laisser sa chance. Je n'ai pas pu lui refuser ça.

Yamada sourit intérieurement. Sous la douceur et la féminité, l'implacable femme d'affaires. Il savait pertinemment qu'aucune des hôtesses de Sanae n'avait jamais eu de permis de travail, mais plutôt des visas de tourisme de quatre-vingt-dix jours rapidement obsolètes. Les filles étaient engagées très vite et virées aussi rapidement si elles ne faisaient pas l'affaire. Sanae n'avait pas d'autre choix. On ne survivait pas à Kabukicho sans se blinder.

– Kentaro ?

131

– Oui ?

– Il paraît que vous avez arrêté Yudai. C'est vrai ?

– En effet. Tu le connais ?

– Je connais tout le monde.

– Ce n'était pas ma question.

Elle le couva d'un œil doux, puis les resservit en whisky avec des gestes gracieux. Elle restait séduisante. Mystérieuse Sanae, si légère et si lourde d'une tristesse jamais dite. Par le passé, elle avait été à deux doigts de lui révéler un fait essentiel. Il l'avait bien senti. Mais au dernier moment, elle s'était tue.

– Yudai est venu me voir quand il démarrait à Kabukicho. Il était déjà élégant, intrigant. Si différent des autres hôtes. Du charisme. Ce supplément d'âme pour lequel personne n'a d'explication.

– Que voulait-il ?

– Des informations. Au sujet de sa mère. Elle les avait quittés, son père et lui, pour venir à Tokyo.

– Pourquoi ?

– Pour vivre sa vie. Et ne pas périr d'ennui dans sa petite ville de Hokkaido, je suppose. Elle avait été ma comptable, pendant une courte période. Jusqu'à ce qu'un client la remarque. Ils sont devenus amants et il l'a entretenue. Il en avait les moyens.

– Ah oui ?

– C'était un yakuza.

– *C'était ?*

– Un jour on n'a plus entendu parler de lui. Disparu. Un règlement de comptes probablement.

– Et elle ?

– Elle s'est suicidée en se jetant sous un train.

– Pourquoi ?

– Parce que son amant était mort, sans doute, et qu'elle avait des dettes. Elle a été hôtesse un temps

132

pour subvenir à ses besoins mais ça n'a pas duré. Elle n'était pas taillée pour ça.

– Tu as raconté ça à Yudai ?

– Oui, mais en y mettant les formes. Et en prenant mon temps.

– Je n'en doute pas. Et comment l'a-t-il pris ?

– Je pense que ça a été une grande souffrance. Et également un soulagement. Il ne me l'a pas avoué, mais j'ai deviné qu'il était venu à Tokyo pour essayer de comprendre. Il avait idéalisé sa mère pendant toutes ces années…

– Et Kate Sanders, c'est à travers toi qu'il l'a rencontrée ?

– Non. C'est elle qui a fait le premier pas.

– Comment ça ?

– En Angleterre, elle avait lu les aventures d'*Issei de Roppongi*. (Elle s'amusa de l'étonnement de Yamada.) Les mangas marchent très bien en Occident.

– Quel rapport avec Yudai ?

– C'est lui qui a inspiré son personnage à la mangaka. Kate avait lu ça dans un magazine. Elle est donc venue pour lui.

– Attends une seconde : Kate Sanders a décidé de venir travailler au Japon où elle ne connaissait personne, pour rencontrer un héros de bande dessinée en chair et en os ?

– Pas seulement. Elle était fascinée par l'idée qu'un homme puisse gagner sa vie en étant un hôte. Et en mentant copieusement. Elle a supposé que si une artiste s'était inspirée de lui pour en faire son personnage, c'est que l'original était hors du commun.

– Elle était amoureuse de lui ?

– Je ne crois pas… Je ne sais pas, en fait.

– Mais elle le trouvait si séduisant…

133

— Tu me trouves séduisante et pourtant tu n'as jamais été amoureux de moi, Kentaro. N'est-ce pas ?

Yamada ne put s'empêcher de rire. Converser avec Sanae était toujours un plaisir.

— Tu sais ce que j'aimerais ?

— Dis-moi, Sanae.

— Rencontrer ta femme. Je serais bien curieuse de savoir qui est la petite maligne qui a réussi à te harponner.

— Hors de question. Ma femme est très bien où elle est. Et puis, j'ai droit à mon mystère moi aussi. (Ils échangèrent un nouveau regard amusé.) Je suis désolé que le Club Gaïa soit fermé, mais il n'y a rien que je puisse faire.

Tranquillité, saveur de vieux fût et orchestre en osmose. Sanae tapait la mesure à deux doigts sur l'anse du fauteuil.

— Tu sais bien que mon bar rouvrira sous un autre nom, Kentaro. Dans peu de temps.

— Bien sûr.

— J'en profiterai pour refaire la déco.

— Ça ne sera pas du luxe, répliqua-t-il avec un grand sourire.

# 17

## Yudai

Réveil en sursaut.

Un verre d'eau en pleine gueule. Méthode Watanabe.

Des gouttes avaient atterri sur la veste du flic paisible, qui les chassa d'une main, sans s'énerver.

Les murs gondolaient. Le père tranquille et l'excité aussi. Même hargne. Ils voulaient sa peau.

Revenir à la raison.

Yudai s'essuya le visage avec sa manche, s'enfonça les ongles dans le poignet.

— PARLE-MOI DE LA CORDELETTE! brailla le dingue.

— Je ne comprends pas…

— Chez toi, sous le lit, on a trouvé de la cordelette bleue. En polypropylène. Très résistante. Du même type que celle que tu as utilisée pour Kate Sanders.

— Mais non!

— Il va falloir trouver mieux que des protestations, dit calmement Yamada.

135

Yudai tenta de se concentrer. Jusque-là, il avait toujours réussi à encaisser le manque de sommeil, mais ce que lui faisait endurer ce duo était inédit. À certains moments, il rêvait éveillé. Des images violentes le taraudaient. Sa mère, vêtue d'une robe blanche, qui se jetait sous le train et explosait en projetant du sang sur la voie.

Il eut une illumination. Ses problèmes avec les yaks. La visite surprise de Namba le taré…

Il leur montra la cicatrice encore rouge sur son avant-bras, expliqua que la brûlure de cigarette avait été infligée par un membre du clan Itami.

– C'est eux qui possèdent ton bar ?

– Oui. Un de leurs hommes a forcé ma porte et m'a torturé pour me rappeler ma dette. Il m'a ficelé aux montants du lit avec de la cordelette. Bleue, je m'en souviens.

– Son nom ?

Mieux valait mentir. Sinon, le clan Itami ne lui pardonnerait pas.

– Je ne sais pas. Ils sont nombreux. C'était la première fois que je le voyais.

– Accuser les yaks à ta place, c'est très con ou très couillu, reprit Watanabe.

– Je n'accuse personne. Je vous explique pourquoi vous avez trouvé cette cordelette chez moi.

Yudai serra les dents. Un démon déversait de l'acide sur son cortex, qui crépitait.

Il avait cru que Kabukicho lui ouvrait les bras. En réalité, il n'était pas différent des autres. Les éphémères. Ceux à qui les yaks prêtaient gros, du jour au lendemain, mais à taux élevé. Les affaires devaient tourner à plein régime pour permettre le remboursement. Et il fallait une énergie démente pour brûler sa

136

vie, nuit après nuit. Et ressusciter le lendemain matin.

– Ta mère a été hôtesse de bar…

Yudai se tourna vers la voix, celle du policier tranquille. Effort surhumain pour se concentrer. L'épuisement l'aspirait dans son lac de boue.

– Et Kate, la jeune fille avec qui tu te sentais bien, était une hôtesse elle aussi. Ta mère était très jeune lorsqu'elle est passée sous un train. À peine plus âgée que Kate…

Yudai les vit, côte à côte sur un quai de gare. Sa mère voulut se jeter sur les rails, Kate la retint. « *Ne fais pas ça. Tu as ta famille, ne les oublie pas…* »

# 18

## Yamada

*Mardi 13 octobre,*
*18 heures.*

Yamada lui rendit ses effets personnels et lui annonça sa libération. Watanabe n'avait pas voulu assister à son départ, dégoûté qu'il était de voir filer un coupable idéal.

– Tu as une chance remarquable, Yudai. Deux laveurs de vitres ont témoigné pour toi.

– Comment ça?

– Leur société les envoie chaque mois nettoyer les vitres de ta résidence à Denenchôfu.

– Ah oui, c'est vrai.

– Tu n'avais pas tiré tes doubles rideaux. Tu dormais dans ton lit. Ça se passait entre 14 et 15 heures, au moment même où Kate Sanders était déjà dans le parc d'Inbanuma. À plus d'une heure de là en voiture, et à près de deux heures par les transports en commun. Je suppose que tu es très aimable avec le gardien de ta résidence.

– Les rares fois où je le croise, pourquoi?

– Parce que c'est lui qui s'est souvenu que les

138

laveurs passaient ce jour-là. Et c'est toujours lui qui a pris la peine de les appeler. Sans l'intervention de cet homme, tu serais encore en salle d'interrogatoire.

– Je suis vraiment libre ?

– Oui, mais tiens-toi à notre disposition.

Yamada regarda le jeune homme enfiler sa veste et sourire de soulagement.

– Une question me tracasse…

– Laquelle, capitaine ?

– Pourquoi dors-tu en plein jour avec les doubles rideaux ouverts ?

– La fenêtre de ma chambre donne sur le jardin de la résidence. J'aime me réveiller en regardant la verdure.

– Pourquoi pas.

– C'est ce que je faisais, enfant, dans la maison de mes parents à Hokkaido…

– À quoi tient la liberté, n'est-ce pas ? répliqua Yamada en souriant.

L'hôte lui rendit son sourire, sans doute par politesse, puis reprit vite un air grave. Le capitaine comprit que sa liberté recouvrée était toute relative puisqu'il replongeait dans un monde sans Kate Sanders. Il en était persuadé désormais, Yudai avait éprouvé un sentiment pur et fort pour elle. D'autre part, une personne en dette avec les yakuzas ne pouvait guère se considérer comme libre.

Le jeune homme n'aurait jamais dû quitter Hokkaido. Tokyo et Kabukicho lui avaient fait une déclaration d'amour truquée.

– Capitaine ?

– Oui ?

– Est-ce qu'il l'a… violée ?

139

– Non. Mais son crâne porte une trace de coup. Violent. À l'arrière. Elle a été assommée…

– Avec quoi ?

– On ne sait pas encore. Ça pourrait aussi bien être un coup de poing. Bien centré.

– Et après ça, il l'a enterrée vivante ?

– Oui, c'est ça.

– Est-ce qu'elle a souffert… quand elle s'est réveillée ?

– Oui, ses narines et sa bouche étaient pleines de terre.

– Elle a essayé de remonter à la surface ?

– Oui, elle s'est vraiment débattue, conclut Yamada en lui tendant sa carte pour signifier que le robinet à infos était fermé.

Il lui demanda de l'appeler au cas où il découvrirait un fait significatif pour l'enquête.

# 19

## Marie

*Mercredi 14 octobre,*
*8 heures.*

Marie et Jason patientaient côte à côte au commissariat, dans le bureau habituel.

Elle observa son profil. Bras croisés, yeux clos, Jason récupérait. Il était toujours assommé par le chagrin, mais sa virée nocturne à Kabukicho lui avait été bénéfique. Ou bien étaient-ce les caresses qu'elle lui avait prodiguées, même s'il n'en avait pas eu conscience ?

Les images de leur nuit ne quittaient pas sa mémoire. À un moment donné, bien que profondément endormi, il l'avait enlacée et serrée presque à l'étouffer.

Elle avait quitté la chambre avant son réveil, vérifié qu'elle ne laissait aucune trace de sa présence. Lorsqu'ils avaient reparlé de leur virée alcoolisée, Jason n'avait mentionné qu'une monstrueuse gueule de bois.

La prochaine étape serait plus compliquée. Il faudrait obtenir une reddition véritable et une nuit d'amour consentie. Elle trouverait le moyen.

Yamada les rejoignit, l'air bonhomme – comme à l'accoutumée flanqué de la traductrice. Marie en était presque arrivée à apprécier ce type aux manières douces et à la petite bedaine. Son insupportable adjoint n'apparaissait plus ces derniers temps, excellente nouvelle.

Il leur apprit que les résultats toxicologiques venaient d'arriver. Kate n'avait sans doute pas été droguée. Jason s'énerva.

— Pourquoi « sans doute » ?

— Certaines drogues ne laissent de trace dans l'organisme que pendant quelques heures.

— Bref, en réalité, vous avez à peine progressé.

Yamada sourit, mimique classique pour un Japonais déstabilisé, et précisa que Kate avait été assommée par son agresseur comme l'indiquait un hématome à l'arrière du crâne.

— En tout cas, votre fille n'a pas été violée.

Le petit flic resta silencieux pendant une durée inhabituelle. Il se gratta la nuque d'un air embarrassé puis lâcha ce qui le préoccupait.

— Nous sommes passés à sa banque. Kate a effectué un retrait, l'avant-veille de sa mort. Samedi 3 octobre, au matin. Le guichetier l'a reconnue, il confirme qu'elle n'a laissé sur son compte que le montant nécessaire pour le garder ouvert.

Marie sut à quoi il pensait. L'argent pouvait être le mobile du tueur. Et si l'on remontait cette piste…

— Combien ?

— Environ trois millions de yens [1] en liquide. Vous reconnaissez sa signature ?

Yamada lui tendait le récépissé de retrait. Il confirma. Et les deux hommes concentrèrent leur attention sur Marie. Jason devança Yamada.

1. Environ 24 000 euros.

– Elle ne t'a rien dit ?

– Non.

– Vous étiez amies. Je ne comprends pas.

– Moi non plus. Et pourtant j'aimerais.

– Nous n'avons pas retrouvé l'argent dans le studio de Nakano, dit Yamada.

Marie songeait aux flics qui l'avaient interrogée en France après la mort de sa mère. Et des années plus tard, après la disparition de Béa. D'un pays à l'autre, les salopards n'étaient pas si différents. Yamada, son air conciliant, ses façons de père tranquille, sa retenue, du flan tout ça. Il n'était sur terre que pour condamner, pas pour aider. Il leur fallait un coupable pour ne pas perdre la face. Elle faisait l'affaire.

Ces enfoirés ne l'auraient pas comme ça.

Elle lut de la compassion dans un seul regard, celui de la jeune interprète. Décidément, les hommes étaient…

– Marie, réponds !

Jason lui secouait le bras.

– Je te jure que Kate ne m'a rien dit. Elle avait peut-être cette somme sur elle en se rendant à Chiba.

– Nous vous croyons, dit calmement Yamada. Mais je devais vous poser la question. Vous comprenez, n'est-ce pas ?

Elle se tourna vers Jason. Il la toisait. Elle soutint son regard.

Il posa une main apaisante sur la sienne.

– Personne ne t'accuse, Marie. Et je te suis reconnaissant pour ton aide. D'accord ?

– D'accord.

– Kate a dû donner cet argent à son tueur, dit-il à Yamada. Ou bien il le lui a volé, la forçant à vider son compte.

– Nous enquêtons là-dessus. Soyez-en sûr.

– S'il s'agissait d'une dette contractée auprès de la mafia, vous iriez jusqu'au bout ?

– Bien sûr.

– Je peux en être certain ?

L'interprète rougit puis traduisit en évitant le regard du capitaine. Yamada marqua le coup avant de répondre.

– Difficile de comprendre ce que vous voulez dire.

– Votre mafia fait partie du paysage.

– Pardon ?

– Ils travaillent à découvert. Depuis leurs bureaux à Kabukicho. Vous, la police, savez pertinemment que les commerçants sont taxés. Et vous ne faites rien.

– Et vous pensez que les hôtesses de bar sont taxées, elles aussi ?

– Je ne pense rien, je brasse des questions.

– Votre fille a pu contracter une dette auprès des yakuzas, ce n'est pas à exclure et nous n'évacuons pas cette piste, croyez-le bien. Mais il y a un fait qu'il ne faut pas perdre de vue. Appelez ça une question de logique.

– Et qui est ?

– Un tel meurtre, si horrible et forcément média-tisé puisqu'il s'agit d'une étrangère, ne peut pas être bon pour le business. Les yakuzas sont des hommes d'affaires, du moins ceux qui sont au sommet de la hiérarchie. Et ils n'ont pas intérêt à effrayer leurs employées ou les clients de celles-ci.

Sanae n'avait pas expliqué la situation autrement. Jason n'eut guère de mal à accepter la rationalité de ces arguments et se calma. Cette journée était décidé-ment plus fertile que les autres, Yamada leur annonça la libération de Yudai. Un alibi vérifié prouvait qu'il ne pouvait en aucun cas se trouver à Chiba au moment des faits.

Marie, soulagée, imagina Yudai, fatigué mais libre, déambulant de son pas gracieux dans les rues de Tokyo.

La dernière révélation du capitaine concernait le trajet emprunté par Kate le jour de sa mort. Une vidéo de surveillance la montrait patientant à Nakano, sur un quai de métro. On avait interrogé le chauffeur de taxi qui l'avait emmenée de la gare de Chiba jusqu'aux environs du parc d'Inbanuma, un trajet de moins de dix minutes. Kate avait souhaité qu'il l'arrête non pas à l'entrée du parc mais à un croisement juste avant un petit pont surplombant une rivière, afin qu'elle puisse continuer à pied et profiter du beau temps. Le chauffeur l'avait trouvée d'humeur radieuse, avait été impressionné par sa maîtrise du japonais. Elle avait prétendu être prof d'anglais, l'homme l'avait crue tant son attitude était décontractée et naturelle. Elle n'avait pas précisé pourquoi elle se rendait dans ce parc ni si elle y était attendue, mais avait déclaré qu'elle appréciait la sensation d'être à la campagne alors que Tokyo était si proche.

Jason écoutait l'interprète avec une intensité redoublée. Marie sut qu'il se projetait vers sa fille, dans le temps et l'espace. Il était malheureux, mais il percevait en même temps qu'elle avait terminé sa vie dans un lieu paisible et sous un ciel radieux. Les circonstances auraient pu être pires… Oui, il devait penser ça.

— Je vais me rendre à Chiba, dit-il sur un ton de défi.

Le capitaine n'essaya pas de le contredire.

\*

Ils quittèrent le commissariat.

– Tu es sûr de vouloir aller à Chiba, Jason ?

– Oui, je veux m'y recueillir.

– Je t'accompagne.

Marie étudia le trajet sur son smartphone, il leur faudrait un peu moins de deux heures. À la gare de Shinjuku, ils prirent un train de la ligne Chuo. Jason finit par lâcher ce qui le tourmentait.

– Ils ont perdu un temps précieux à interroger ce type, qui finalement avait un alibi. Résultat, le salopard qui a tué ma fille a pu s'évaporer dans la nature.

– Je pense qu'ils vont reprendre les interrogatoires des clients du Club Gaïa.

Il secoua la tête d'un air dégoûté.

– Kate et toi, vous parliez de vos *dohan*, c'est bien ce que tu as dit à la police ?

– Oui.

– Alors pourquoi t'aurait-elle caché qu'elle rejoignait un client à Chiba ?

– Elle ne me disait pas tout, Jason.

– Pourquoi ce rendez-vous si loin du centre de Tokyo ? Ça n'a pas de sens.

– C'est vrai. Malheureusement.

Le train dépassa la gare d'Iidabashi pour longer la rivière Kanda. Les barques aux coques colorées étaient retournées sur la rive en attendant la belle saison. Marie se souvint du printemps dernier, des berges transfigurées par l'opulente floraison des cerisiers. Se promenant seule, elle avait observé les pêcheurs regroupés autour d'un bassin aménagé, alimenté en poissons. Ils étaient sûrs de repartir avec une belle prise. Le principe était le même que dans les bars à hôtesses. On ne perdait pas la face, l'échec était écarté d'emblée.

Cette journée sous les cerisiers urbains avait été

aussi réconfortante qu'une virée à la campagne. Elle espérait que ce déplacement à Chiba avec Jason aurait un effet aussi apaisant.

Elle sentit son regard sur elle.

— Pourquoi as-tu atterri dans le monde de la nuit, Marie ?

Ah, enfin une question personnelle. Elle lui en fut reconnaissante.

— À cause d'une amie. Béa. On rêvait de partir à Tokyo. Elle m'avait communiquée sa passion. On s'était inscrites dans le même cours de japonais, on avait mis de l'argent de côté. Mais Béa a disparu.

— Comment ça ?

— Du jour au lendemain. Je n'ai jamais su ce qui lui était arrivé. J'ai eu du mal à m'en remettre. Jusqu'au moment où j'ai décidé de réaliser notre rêve malgré tout. En arrivant ici, j'ai constaté que l'argent filait vite…

Il frotta ses joues mal rasées et ils restèrent engourdis dans leur silence. Elle ne s'offusqua pas qu'il ne voulût pas mieux connaître son passé, ses joies, ses déceptions. Il avait déjà beaucoup à encaisser avec sa propre vie, tout viendrait en son temps.

— Tu avais des raisons logiques de devenir hôtesse, Marie, mais Kate… Sa mère lui avait fait une donation l'an passé, elle n'était pas dans le besoin…

— Pour elle, le *mizu-shobai* était l'occasion de lever le voile sur les mentalités locales.

— Pourquoi faire, bon sang ! Et puis, même en admettant que ça ait un intérêt, il y a des manières moins épuisantes de découvrir ce que ce peuple a dans le crâne.

— De nombreuses conversations sont barbantes…

— Oui, on s'en est aperçus !

147

– Mais j'ai appris moi aussi. Notamment au début.

– Quoi par exemple ?

– Les hommes ne veulent pas risquer l'humiliation de se faire jeter. Ils se rendent dans des bars où ils ont la certitude d'être divertis et valorisés. L'hôtesse flatte le client, elle le fait se sentir important vis-à-vis des autres.

– Mais c'est bidon !

– C'est le plaisir du jeu. Le client joue à l'homme à qui tout réussit. L'hôtesse endosse le rôle de la jeune fille naïve, moins intelligente que son compagnon.

– Un massage de l'ego ?

– C'est exactement ça.

– Kate a dû trouver ça exotique et amusant, au début. Mais après ces mois de conversations sans intérêt, elle devait mourir d'ennui. Elle qui était si vive, si brillante…

Elle pensa qu'il avait été un bien meilleur père qu'il ne le croyait. Que Kate ait voulu le surprendre et l'impressionner était justifié.

Ils descendirent du wagon pour changer de ligne. Ils croisèrent un groupe de gamines en *sailor fuku*, l'uniforme marin typique des collégiennes et lycéennes. Elles discutaient avec vivacité et Marie constata qu'il leur accordait un bref regard. Il pensait à sa fille, bien sûr. Kate, l'excellente élève.

*Elle n'était pas si intelligente que ça. Vous êtes tous obnubilés par les apparences.*

– Pourquoi diable a-t-elle vidé son compte, Marie ?

Excellente question. Eh oui, les facteurs économiques gouvernaient nos vies. La police ferait de son mieux pour découvrir dans quelle poche avait atterri l'argent.

## 20

## Yamada

Le commissaire Mizuha attendit d'être installé dans la voiture pour leur annoncer la nouvelle. La 1$^{re}$ Division d'investigation criminelle prenait désormais les rênes de l'affaire Kate Sanders. Direction Kasumigaseki et le Département de la Police métropolitaine pour une réunion avec les hommes du commissaire Ando. Watanabe mit le contact sans faire de commentaire, mais son visage crispé trahissait sa frustration.

Yamada connaissait Ando de réputation et pour l'avoir vu plusieurs fois à la télévision commentant les enquêtes les plus retentissantes de son équipe. C'était un quinquagénaire au visage ascétique, barré par de fines lunettes cerclées de métal, à la voix aussi posée que les manières. Il s'exprimait néanmoins avec une autorité naturelle qui forçait le respect.

Pendant la quinzaine de minutes que nécessita le trajet, Watanabe ravala difficilement son mécontentement et Yamada digéra l'information avec philosophie. De son point de vue, cette passation de pouvoirs était inévitable. En cas d'affaire exceptionnelle, et notamment de crime violent, le pilotage était toujours confié aux cadors.

La réunion avait lieu au dixième étage de la célèbre tour circulaire du bâtiment. La cinquantaine de super-limiers était déjà réunie dans une vaste salle équipée d'un écran et la tension était palpable. Bien sûr, le lien avec le tueur en série Otokawa n'était pas étranger à cette ambiance particulière.

Ils saluèrent le commissaire Ando et firent l'échange convenu de cartes de visite. On leur désigna leurs places et la réunion commença. Les officiers se succédèrent sur un podium pour dresser un bilan des éléments de l'enquête tandis que des documents défilaient sur l'écran.

Un technicien détailla les résultats d'autopsie, les analyses toxicologiques et confirma que la victime était morte le lundi 5 octobre, approximativement entre 15 et 17 heures. Un officier décrivit la scène de crime, photos et vidéo à l'appui. Un autre inspecteur résuma les déclarations des témoins et des proches, puis dressa une courte biographie de Kate Sanders.

Un quatrième intervenant retraça les derniers moments de la victime. Kate Sanders avait été vue à son agence bancaire le samedi, avant-veille de sa mort, lorsqu'elle avait opéré le retrait intégral de ses économies, soit un montant d'environ trois millions de yens. D'après le témoignage de sa colocataire, elle avait quitté leur studio le lundi vers midi. Les données de sa carte de transport Suica, retrouvée dans la poche de son blouson, indiquaient qu'elle avait pris la ligne Tozai jusqu'à la gare de Toyo-Katsutadai, puis le train jusqu'à la gare de Keisei-Usui, dans la localité de Chiba. Un taxi l'avait ensuite déposée aux abords du parc Inbanuma vers 14 heures. Horaire corroboré par le témoignage du professeur de piano. On savait qu'elle avait été photographiée avec son propre portable à 14 h 47, puis était morte asphyxiée sous terre. Le portable avait été jeté dans les fourrés, probablement par son assaillant.

Aucun témoignage n'avait pu être recueilli concernant sa présence à l'intérieur même du parc. Son corps avait été enseveli dans une zone boisée, ce qui expliquait que nul promeneur n'ait remarqué quoi que ce soit.

Yamada était impressionné. Ses confrères de la 1re Division n'avaient pas perdu leur temps et assimilé en quelques heures ce que Watanabe et lui avaient mis des jours à rassembler.

Ce fut au tour d'Ando de prendre la parole.

– Je remercie le capitaine Yamada, ici présent, d'avoir rapidement repéré un lien entre cet homicide et l'affaire Linda Clay, commença-t-il.

Tous les yeux se tournèrent vers Yamada, qui sentit la gêne lui empourprer les joues, mais il fut reconnaissant au grand flic de l'associer à leur travail. Il nota que le commissaire Mizuha ne semblait guère apprécier l'hommage et en déduisit qu'Ando avait agi spontanément, sans prévenir. Et il l'apprécia d'autant plus.

– J'ai pris contact avec l'équipe qui a suivi cette affaire à Osaka à l'époque, continua Ando. Otokawa leur avait fait des aveux et détaillé son mode opératoire.

Une photo d'Otokawa apparut sur l'écran. Traits réguliers, cheveux poivre et sel, il était plutôt bel homme malgré un regard enfoncé et des yeux rapprochés. Ando expliqua que le tueur était un pratiquant d'arts martiaux qui maîtrisait le *kyusho-jitsu*, une technique liée aux points de pression sur le corps humain.

151

– Concernant les femmes enterrées vivantes, Oto-kawa procédait toujours de la même manière. Il persuadait sa future victime de l'accompagner dans un endroit isolé, puis l'assommait au moyen d'une technique martiale précise. Un coup simultané à la base du cou avec le tranchant des deux mains. Il ligaturait ses membres avec de la cordelette synthétique, la bâillonnait en utilisant un adhésif courant, la violait tout en enregistrant la scène par le biais d'une caméra posée sur pied. Ensuite, il la jetait dans une fosse creusée au préalable et la filmait avec son téléphone portable avant de l'enterrer. Plus tard, cette dernière vidéo était postée à la famille. Pour Kate Sanders, la méthode semble similaire. Hormis le fait qu'elle n'a pas été violée et que son père a reçu une photo et non une vidéo. Il faut aussi souligner que les messages envoyés aux familles sont très proches. Sans pour autant oublier de noter le ton plus agressif, voire ordurier, du message signé par Otokawa.

Les deux phrases en question furent projetées sur l'écran. « La salope dort ici. » « Elle dort ici. » Ando sembla les étudier une nouvelle fois en silence. Après quoi, il se tourna vers le groupe et précisa que, puisque Otokawa avait été exécuté en janvier dernier, il était urgent de s'intéresser à un copieur éventuel.

L'enquête s'orienterait dans plusieurs directions. Une équipe passerait en revue les écoles d'arts martiaux de la capitale enseignant le *kyusho-jitsu*. Une autre se focaliserait sur les personnes ayant manifesté un intérêt marqué pour l'affaire Otokawa. Des pseudo-admirateurs du tueur en série s'étaient passionnés pour ses différents procès, s'étaient exprimés sur le Net à son sujet, avaient créé des sites autour de sa personnalité et avaient même échangé une correspondance fournie avec lui. Otokawa avait notamment reçu, lors de sa longue détention, nombre de demandes en mariage provenant d'admiratrices. Même si les faits s'étaient déroulés à Osaka et dans sa proche banlieue des années auparavant, il était important de rechercher des croisements éventuels avec Tokyo. Pour autant, on ne devait pas négliger l'entourage de Kate Sanders. Amis, partenaires professionnels, clients, ceux qui l'avaient côtoyée feraient l'objet d'une enquête approfondie.

Ando conclut la réunion en rappelant que cette affaire serait certainement fortement médiatisée. La nationalité de la victime, sa jeunesse et son allure, le lien avec l'affaire Otokawa, la violence du crime, tout laissait prévoir un fort engouement des journalistes locaux. Et de la presse internationale. Pour éviter des répercussions négatives sur l'image de la police japonaise, il était indispensable de contrôler la communication. Ando spécifia qu'il se chargerait de cet aspect en plus de la direction de l'enquête. Tout inspecteur contacté par la presse devrait très vite le prévenir et éviter la moindre déclaration.

La réunion fut levée. Les hommes repartiraient sur le terrain après une mise au point avec leurs chefs d'équipe.

Ando se dirigea vers le trio formé par Mizuha, Yamada et Watanabe.

– Merci encore pour le travail effectué et pour votre présence parmi nous, messieurs.

– C'est tout naturel, bredouilla le commissaire Mizuha.

– J'aimerais que vous puissiez vous joindre à nous. (Souriant, il s'adressait à Yamada.) Kabukicho est la zone d'intervention de votre commissariat. Il me semble naturel que vous y poursuiviez vos investigations. Commissaire Mizuha, si vous êtes d'accord, j'aimerais que vos deux officiers continuent leur enquête parmi les proches de la victime. Je pense à son employeuse, ainsi qu'à ses collègues et amis. Concernant ses clients, mon équipe va reprendre les interrogatoires que vous avez déjà effectués, histoire de rechercher un angle différent. Bien sûr, que cela ne vous empêche pas de les réinterroger si cela vous semble nécessaire. Qu'en pensez-vous, commissaire ?

— Nous sommes à votre entière disposition, répondit Mizuha en s'inclinant avec empressement.

— Merci. D'autre part, il me semble important que vous assuriez la liaison avec le père de la victime tant que celui-ci séjournera au Japon. C'est déjà votre rôle, capitaine Yamada, n'est-ce pas ?

— Oui, en effet.

— Eh bien, poursuivez cet excellent travail. Au fait, savez-vous jusqu'à quand Jason Sanders compte rester à Tokyo ?

— Peu de temps, à mon avis. Une question de finances. Et le corps de sa fille va lui être rendu dans quelques jours. Il va rapatrier la dépouille en Grande-Bretagne pour les funérailles.

— Il parle à la presse ?

— Non, je ne crois pas.

— En revanche, il est allé voir son consulat, intervint Mizuha. Il ne nous fait pas confiance.

— Comment ça ?

— C'est un électron libre. Nous savons de source sûre qu'il a mené sa propre enquête à Kabukicho. Et il a déclaré qu'il se rendrait aujourd'hui dans le parc d'Inbanuma. C'est bien ça, Yamada ?

— Oui, patron.

154

– Bien. Si nous étions à sa place, nous ferions sans doute la même chose, n'est-ce pas ? Merci pour ces précisions, messieurs. Je crois que nous allons faire du bon travail ensemble.

*

En sortant de réunion, Mizuha épongeait son visage moite et Watanabe était au bord de l'implosion. Le lieutenant serra les dents et prétexta un besoin urgent. Capitaine et commissaire l'attendirent patiemment.

Il sortit des toilettes en fourrant son téléphone dans la poche de son blouson. Dans l'ascenseur, Yamada lui trouva un air de conspirateur.

Sur le chemin du retour, l'ambiance avait changé. Le ton de Mizuha notamment, nota Yamada avec une satisfaction qu'il réussit à dissimuler. Le patron ne s'adressait plus à lui avec mépris. L'attitude positive d'Ando le cador avait changé la donne.

Une fois à destination, Watanabe laissa Mizuha s'éloigner et s'adressa à Yamada.

– Un beau parleur, cet Ando, mais il ne nous laisse que des miettes.

Ce n'était pas le ton du constat, mais celui du reproche. Yamada se garda de réagir et prétexta qu'il avait besoin d'un café. Il avait surtout besoin d'un moment de solitude pour digérer ce qui venait de se passer. Il avait cru que l'enquête lui serait retirée, ce soutien du commissaire Ando était inespéré. Pour la première fois depuis son coma, il se sentait de retour dans une réalité à peu près palpable.

Il acheta une canette de café noir et chaud au distributeur du hall puis retrouva le square au podocarpus. Il tenta de faire le vide en observant la jolie

155

mousse vert clair qui caressait son pied. Par association d'idées, il pensa aux pique-niques qu'en bonne Anglaise Kate Sanders devait adorer. La jeune fille n'avait pas traversé Tokyo pour se retrouver dans ce parc qui n'avait pas de charme particulier – si ce n'était son belvédère – sans une bonne raison. Elle n'avait pas non plus vidé son compte bancaire la veille par hasard. Or, sa vie professionnelle et sociale se limitait à Kabukicho. C'était donc sans doute avec quelqu'un qui était lié de près ou de loin à ce quartier qu'elle avait eu rendez-vous à Chiba.

*« Kabukicho est la zone d'intervention de votre commissariat. Il me semble naturel que vous y poursuiviez vos investigations… »*

Le capitaine quitta son banc en souriant. Quelques secondes plus tard, son mobile sonna. « Watanabe » s'afficha sur l'écran. Il rejeta l'appel en pensant que son adjoint était vraiment l'homme le plus impatient de la planète. Mais ils formaient une équipe, et la notion d'équipe était sacrée. Du moins pour les gens de sa génération.

# 21

## Marie

Marie avait si faim qu'elle se sentait défaillir. Jason accepta d'avaler en vitesse des *ramen* dans une gargote de la gare de Chiba.

Il voulait se glisser dans la tête de sa fille, revivre ses derniers instants. Comme Kate le jour de sa mort, ils prirent un taxi et se firent déposer avant le petit pont.

La pleine campagne.

Dans l'air parfumé, la mosaïque des champs s'étendait aussi loin que portait le regard, longée par la bande gris-bleu du lac. Le visage de Jason exprimait une curiosité mêlée de tristesse. Un hélicoptère noir passa à basse altitude.

Ils remontèrent une rue absolument silencieuse, que bordaient de rares maisons, gravirent la côte menant au parc. Le parking était vide.

Marie déclina leurs identités au planton en faction devant une tente dissimulant la fosse. Jason s'avança au bord de la zone délimitée par des bandes adhésives et baissa la tête. Priait-il en silence ou brassait-il des pensées mécréantes ? Deuxième option. Kate ne semblait pas avoir reçu d'éducation religieuse, elle ne fréquentait aucune église à Tokyo.

Marie s'éloigna pour respecter son intimité.

Lorsqu'il la rejoignit, elle proposa une montée au belvédère – la vue sur le lac serait apaisante. Il lui demanda si elle était familière des lieux. Elle répondit qu'elle avait fait une recherche sur Google.

Le lac déployait sa langue argentée sur la paix des champs. L'intensité froide de Tokyo, la frénésie poisseuse de Kabukicho, les questions répétitives des flics, tout ça était derrière eux. Momentanément. Il fallait en profiter.

Elle s'allongea sur l'herbe en espérant qu'il ferait de même et l'embrasserait. Il ne se passa rien pendant un long moment.

Puis Jason se raidit. Il désigna l'hélico qui piquait sur eux. Noir. Marqué du logo de la NHK.

Un enfoiré les filmait. Marie remonta sa capuche, cacha son visage avec ses mains au moment où la puissance des pales plaquait leurs vêtements sur leur corps. Derrière eux, des cris. Une meute déboulait par le sentier, armée de perches à micro, de caméras, d'appareils photo. Ils braillaient en japonais ou dans un anglais de cuisine, exigeaient que Jason commente la mort de sa fille.

Il fonça dans le tas et tabassa un crétin, qui tituba en couinant. Il dévala le sentier une partie des reporters à ses trousses. Quelques vautours étaient restés et se précipitèrent sur elle. Elle hurla, gifla, mordit, s'échappa. Jason avait amoché un autre gars, lequel gisait sur le bord du chemin. Elle songea à lui balancer un coup de pied dans le ventre pour se délester de sa colère. Impossible, avec cette armada de voyeurs professionnels sur le dos.

Ils se firent conduire à la gare en taxi, prirent le premier train pour Tokyo. En route, Jason reçut un appel et s'éloigna pour poursuivre sa conversation. Les passagers le regardèrent d'un sale œil, l'usage du portable étant interdit dans les trains.

Marie ravala une boule de tristesse. Jason l'excluait. Il jouait le chaud et le froid. C'était exténuant.

Lorsqu'il la rejoignit, elle constata qu'il se mordait l'intérieur des joues.

\*

De retour à Shinjuku, ils patientèrent au Starbucks et Jason refusait de dire pourquoi. Il finit par lui annoncer l'arrivée d'un compatriote, Bradley Jenkins, correspondant du *Times* à Tokyo.

— Tu n'as pas eu ta dose de journalistes pour la journée ?

— Il a des infos sérieuses.

— Qu'est-ce que tu cherches à la fin ? Ici ou ailleurs, la police est payée pour faire son boulot.

Il ne lui tiendrait pas rigueur pour son ton direct, leur virée à Kabukicho avait prouvé qu'il était partisan du franc-parler.

— Je suis mon instinct. Ça m'a toujours réussi.

— Bon, je rentre. Tu sais où me joindre.

— Reste. (Il l'agrippa par le bras.) En tant que colocataire de ma fille, tu vas l'intéresser.

Avant qu'elle ait eu le temps de se dégager, un quadra blond à lunettes se glissa sur la banquette. Regard intelligent, un accent plus distingué que celui de Jason, une poignée de main sèche et rapide.

Marie pensa à Béa. Son amie navigatrice n'avait jamais peur de rien. Ni de personne. *Je dois rester aussi forte que toi, Béa.*

— Comme je vous l'ai dit au téléphone tout à l'heure,

159

j'ai couvert l'affaire Linda Clay et j'enquête actuellement sur la mort de votre fille. Je crois que nous avons intérêt à échanger nos informations.

– Je suis d'accord.

Les deux affaires avaient des similitudes, il les détailla. La jeune Australienne avait été hôtesse de bar. Otokawa l'avait enterrée vivante comme quatre autres victimes. Des vidéos avaient été envoyées aux familles.

– Et la petite phrase. « La salope dort ici. » Otokawa a été pendu récemment, mais on pense spontanément à un copieur. La police ne vous a rien dit ?

– Non, articula Jason.

– Vous seriez prêt à m'accorder une interview ?

– Oui.

– Maintenant ?

– Oui, maintenant.

Ses questions portèrent sur l'enfance et la personnalité de Kate, ses aspirations, ses raisons de travailler au Japon. Il s'adressa ensuite à Marie, lui demanda si elle souhaitait évoquer son amie. Elle raconta leur rencontre, leurs nuits au Club Gaïa, ce sentiment commun de vivre une aventure avant que la routine et une certaine forme d'ennui ne ternissent le tableau. Jenkins voulut savoir si Kate avait de mauvaises fréquentations. Marie nia. Jenkins s'adressa à Sanders.

– Je vous dois un aveu.

– Dites-moi.

– J'ai rencontré votre fille.

Marie sentit des papillons noirs voleter dans son estomac. Elle garda contenance.

– Quand ça ? demanda Jason sur le qui-vive.

– Il y a un peu plus de trois ans. Elle venait d'arriver à Tokyo. Nous nous sommes rencontrés dans un pub fréquenté par les journalistes. À mon avis, elle n'était pas là par hasard.

– C'est-à-dire ?

– Elle savait que nous étions plusieurs à avoir enquêté sur l'affaire Otokawa.

– Quoi ?

– Elle voulait les infos qui n'avaient pas été communiquées au public. La vidéo. La petite phrase…

– Je ne comprends pas, Jenkins. C'est quoi, cette histoire ! Pourquoi voulait-elle ces détails morbides ?

– Je l'ignore, Sanders, et croyez-moi, j'aimerais vous aider. Moi aussi, j'ai des enfants.

– Vous avez bien une théorie ?

– Kate avait clairement lu tout ce qui était disponible sur Otokawa. J'ai pensé qu'en tant qu'hôtesse elle se sentait concernée par le sort d'une consœur.

– Difficile à croire.

– Pas vraiment. Vous savez, l'affaire Linda Clay n'a pas été une enquête comme les autres pour moi. J'ai rencontré sa famille, creusé sa vie, découvert une jeune femme attachante. J'ai passé des jours et des nuits à essayer de comprendre…

Marie le dévisageait. Il était sincère et encore habité par ce crime vieux d'une décade. *Oui, les morts vivent en nous, comme Maman, Béa et Kate.*

– … et, un jour, j'ai lu cette étude d'un sociologue qui expliquait que ce type de mort ou plutôt de châtiment était lourd de sens. Ça remonte à la nuit des temps. C'était le sort réservé par les Romains aux vestales ne respectant pas leurs vœux de chasteté. Au Moyen-Âge, c'était la peine destinée aux femmes adultères, aux meurtrières voire aux rebelles. De nos jours, la sanction existe encore, dans certains milieux religieux

161

extrémistes du Kurdistan turc, par exemple, pour punir des jeunes femmes accusées de « crimes d'honneur ». Ces faits se sont déroulés dans des espaces qui n'ont rien à voir avec le Japon. Mais vous savez bien que la mondialisation mange chaque jour un peu plus les frontières, nivelle les cultures et accélère les influences. Ensuite, j'ai repensé aux minutes des procès d'Otokawa. Il a déclaré à plusieurs reprises que les femmes auxquelles il s'attaquait étaient indignes. Ça allait dans le sens de la fameuse petite phrase…

– « La salope dort ici », répéta Jason (Jenkins hocha la tête.) Mais Otokawa est mort…

– Il faut croire que sa mémoire survit quelque part dans la cervelle d'un autre assassin. Qui, lui aussi, a un problème avec la soi-disant pureté des femmes.

\*

Elle rentra sans lui à Nakano.

Jason était ulcéré. Il ne pardonnait pas à Yamada et ses sbires de l'avoir laissé dans le brouillard au sujet d'Otokawa. Il découvrait une facette de sa fille qu'il ignorait.

Ce devait être éprouvant de nager dans un tel désarroi.

Pour lui éviter de rester seul, elle lui avait proposé de l'héberger. Il l'avait repoussée. Pourquoi refusait-il sa tendresse ? À présent, c'était elle qui était parfaitement seule. Un sentiment horrible, proche de la mort imminente.

Elle observa son studio. Inflammable, du sol au plafond. Elle pensa aux bonzes qui s'immolaient par le feu, à l'incendie qui avait ravagé le Meisei-56 à Kabukicho.

162

Mais si elle passait à l'acte, elle ne serait plus qu'un tas de cendres dans l'immensité de Tokyo. Et elle ne manquerait à personne. Ni à Sanae, ni à ses idiots de clients, et encore moins à Jason. Pourquoi s'était-elle amourachée de lui? Elle aurait voulu qu'existe un élixir. Elle le boirait et sa mémoire redeviendrait blanche. Libérée, elle démarrerait une autre vie. Dans une autre ville avec des gens différents.

Elle entendit le passage du train. Un grincement de fer. La force qu'il faut déployer pour passer d'un état à un autre.

Elle prit une grande inspiration.

C'était l'heure des infos, elle alluma la télé. La NHK diffusa le reportage à Chiba. Elle se reconnut, avec Jason, sur le belvédère, cernée par la meute, filmée depuis l'hélico.

*Mon visage est offert, parfaitement reconnaissable.*

Elle avait rabattu sa capuche trop tard. Bien trop tard.

*Maman, Béa, Kate, vous avez disparu. Je veux disparaître aussi. Il est temps.*

# 22

## Yudai

Son comptable expliquait à Yudai que sa garde à vue avait eu un effet étrange sur le chiffre d'affaires du Café Château.

Les premières nuits, les clientes avaient afflué. Elles voulaient les derniers ragots. Pourquoi avait-il été arrêté ? Qui était Kate Sanders pour lui ? Est-ce que les étrangères le trouvaient séduisant ? Et lui, est-ce qu'il aimait les *gaijin* ? Puis, ne le voyant pas revenir, les filles avaient commencé à s'ennuyer ferme et étaient parties voir ailleurs si l'herbe était plus verte.

– Le bar a tourné au ralenti et on a perdu pas mal d'argent, patron.

Ses employés arboraient des mines déconfites. Ils avaient fait le maximum, passé des heures à battre le pavé pour racoler des clientes, tenté de créer une ambiance du tonnerre dans le bar, rien n'y avait fait. Les temps étaient durs. Les temps étaient même impitoyables.

Yudai consulta ses e-mails. Ses habituées avaient envoyé des messages de soutien. Il réalisa qu'ils lui faisaient plutôt chaud au cœur. Elles le laissaient

164

tomber, mais, à un moment donné, elles avaient eu une pensée pour lui.

— Qu'est-ce qu'on fait, patron ?

— On continue. En redoublant d'énergie. C'est ça ou la fermeture du club.

— Compris.

Les clientes commencèrent à arriver. Yudai avait autant envie de travailler que de se pendre mais il sut dissimuler ses sentiments.

Elle était la seule à ne pas lui avoir laissé de message. Il en avait conclu qu'elle jetterait son dévolu sur un autre bar, un autre *shimeisha*. Mais Akiko fit son apparition vers 1 heure du matin. Elle avait encore modifié la teinte de ses cheveux, opté pour un roux plus soutenu. Elle était maquillée à la perfection, portait une robe superbe et lui demanda d'être son hôte exclusif pour la soirée.

Il se glissa dans le box à ses côtés. Son parfum aussi avait changé. Il était plus capiteux.

— Tu es ravissante, Akiko.

— Merci. Mais toi, tu as maigri.

— Oui, une garde à vue ne ressemble pas à des vacances à Honolulu. Si je ne te plais plus, ce n'est pas un problème. Je t'accorde le droit de changer d'hôte. Veux-tu que j'appelle Matano ? Il est très apprécié.

— Je me fiche de Matano. C'est toi qui me plais. Ce soir, je veux le grand jeu. *Champagne call*. Toi, très attentionné à mes côtés. Et tes employés autour de nous. J'ai l'intention de dépenser une fortune. C'est exactement ce dont tu as besoin en ce moment, non ?

Elle ne lui avait jamais parlé de manière si agressive. Ses yeux lançaient des étincelles, sa beauté était

165

glaçante. Et elle avait raison. Il avait besoin de son argent.

Il commanda le meilleur champagne. Elle lui demanda de lui raconter en détail « ses jours et ses nuits de captivité ». Un peu plus tard, elle l'entraîna vers la piste de danse sur *Mercy Mercy Me* de Marvin Gaye. Elle lui murmura qu'il lui avait terriblement manqué. Son regard débordait de sincérité. Rayon baratin, elle le battait à plates coutures.

– Tu ne sais pas de quoi je suis capable pour toi, Yudai.

– Si, et je suis content de ce qui nous lie.

– Vraiment ?

– Vraiment.

Quand ils revinrent à leur table, les hôtes au grand complet formaient un cercle. Ils entonnèrent en chœur un hymne pour Akiko. Tous levèrent leur verre.

« AKIKO EST RAVISSANTE ! YUDAI EST SON PRINCE ! BRAVO À EUX ! QUE LE CHAMPAGNE COULE À FLOTS ! »

Elle but son verre d'un trait et tourna son sourire malade vers Yudai. Il copia son expression, pensa qu'il n'était qu'un faussaire avec un masque de séducteur collé sur la gueule. Un jour ce masque adhérerait si bien à sa peau qu'il ne pourrait plus s'en débarrasser.

Elle posa sa tête sur son épaule. Malgré les hurlements, il entendit parfaitement ce qu'elle lui murmura : « Je suis heureuse qu'elle soit morte, plus rien ne nous sépare. » Il pensa la gifler. Mais ses employés donnaient le meilleur d'eux-mêmes. Ils faisaient ce qu'il leur avait demandé. Il ne pouvait pas fléchir et les laisser tomber.

– Tu es la reine de la nuit.

166

— De tes nuits, Yudai. Elles seront bientôt toutes à moi.

*

Yudai fumait dans les toilettes. Il s'accordait quelques minutes de répit. Cette soirée avec Akiko était un cauchemar. Ses propres paroles étaient un sirop visqueux qui engluait son sang. Le sirop avait le pouvoir de cristalliser. Son cœur se transformerait en un bloc de verre et éclaterait.

Son employé passa une tête catastrophée.

— Quelqu'un veut te voir.

— Qui ça ?

— Il ne m'a pas dit son nom. Mais il vaut mieux que tu te dépêches.

Namba attendait, pachyderme en costume blanc, vautré dans un fauteuil. Et les clientes évitaient de le regarder. Yudai sentit la sueur lui glacer la nuque. Il se souvint de ce que le collecteur du clan Itami lui avait dit après lui avoir électrisé les couilles. *« Une semaine, Yudai, pas un jour de plus. »* Le délai était largement dépassé.

— Le temps m'a semblé long, Ducon.

— J'ai été arrêté par la police. Le bar a tourné au ralenti...

— On est au courant. Gaspille pas ta salive.

Il lui fit signe de le suivre.

— On va où ?

— Enfile ton manteau et ferme ta gueule.

Akiko les rejoignit devant l'ascenseur. Elle fonça sur le yakuza.

— Laisse-le tranquille. On avait un accord ! Vous aviez promis.

167

Il la poussa violemment. Sa tête heurta le mur, elle s'affaissa, perdit connaissance. Yudai voulut lui porter secours. Le dingue l'agrippa par le col.

— Tes loufiats s'occuperont de cette paumée. Personne ne fait attendre Boss Itami.

Ils furent vite côte à côte dans la rue. Yudai regretta de ne pas avoir pris une arme. N'importe laquelle. Pic à glace, couteau, tire-bouchon…

La pluie brouillait les néons. À pas de géant, Namba trancha la cohorte des passants serrés sous leurs parapluies. Yudai se mit à son rythme.

Ils marchèrent jusqu'au théâtre désaffecté. Jadis, c'était le lieu de la soumission, un artiste du *shibari* attachait des filles avec des cordes de chanvre. Son spectacle bondage faisait le plein jusqu'à ce que la mairie l'interdise.

Yudai se parlait à lui-même. Et en silence. Pour se réchauffer, pour repousser la peur.

Un théâtre. La soumission.

*Ma soumission. Je me suis livré. Je suis un pantin sur la scène de Kabukicho.*

Le vieux posté à l'entrée gloussait comme un demeuré. Le yak lui donna une tape sur l'épaule. Le gardien actionna un ascenseur décati. Une porte en accordéon se déploya dans un chuintement de ventouse. Namba projeta Yudai dans la cabine et le suivit. L'ascenseur se referma sur la gueule hilare du vioque :

— Bonne soirée. Amusez-vous bien.

Ils descendirent au sous-sol. Du velours rouge mal tendu recouvrait les murs. Une musique puissante mais assourdie se mêlait à un tumulte de voix. Namba composa le code d'une porte blindée qui s'ouvrit sur une foule compacte encerclant un espace tranché par

168

un étroit podium de défilé de mode. Une petite femme dodue en bikini s'y dandinait. Le public était constitué de braillards aux visages difficiles à distinguer, les deux projecteurs étant orientés vers la scène. Dans la moiteur planait une odeur acide. Yudai réalisa que c'était celle du foutre.

*Qu'est-ce qu'ils me veulent ?*

Le yak l'agrippa par la nuque comme un lapin et le força à regarder le spectacle. La danseuse était sans doute une Philippine, en tout cas elle était originaire du Sud-Est asiatique. Elle se déhancha jusqu'à l'extrémité du podium, s'arrêta devant un matelas et un panier d'osier pour commencer un strip-tease engourdi. La mer des hurlements lui léchait les pieds, quelques rires gras y surnageaient.

Les yeux de Yudai s'étaient habitués au faible éclairage, il distingua les mouvements des plus proches spectateurs. Ils avaient l'allure banale de *salarymen* et se branlaient avec énergie tandis que la femme, maintenant nue face à la foule, enchaînait des poses qui se voulaient suggestives mais n'étaient que malhabiles.

Yudai pensa à une biche dans la forêt, cernée par des chasseurs complètement bourrés.

Une voix rauque et amplifiée trancha le chaos. Il y eut un effet Larsen dans les baffles, mais on entendit parfaitement la proposition.

– Que les champions du *shifumi* montent sur scène montrer de quoi ils sont capables ! C'est le moment de jouer et de gagner !

Pendant ce temps, la fragile danseuse avait abandonné ses poses et s'était allongée sur le matelas, jambes écartées et faux sourire de carnaval contre le vacarme. Un duo d'imbéciles désassortis et se poussant du coude emprunta une passerelle pour la rejoindre, encouragé par les cris. Un binoclard à la tignasse permanentée. Un énergumène à triple menton. Hilares, ils se défièrent.

– Pierre Feuille Ciseaux, c'est parti ! lâcha le démiurge avec un nouveau larsen.

Binoclard transforma sa main en feuille. Au même moment, Triple menton mima une paire de ciseaux.

La foule brama à l'unisson.

Triple Menton cria victoire avec un couinement de goret et ne perdit pas une seconde. Il exhiba sa bite en érection, enfila une capote récupérée dans le panier d'osier et se vautra sur la fille qui devait faire la moitié de son poids. Les clameurs augmentèrent. La valse masturbatoire contamina la salle comme une traînée de poudre tandis que le cul blanc et flasque de Triple Menton montait et descendait en cadence.

– Gros succès tous les soirs ! rugit Namba en noyant Yudai dans son haleine nauséabonde. C'est autre chose que ton chichi romantique avec tes putes. On n'est pas encore en 2020, mais c'est déjà les jeux Olympiques de la baise.

Il lui broya l'épaule pour trancher leur chemin à travers les branleurs en extase. Très vite, un étroit corridor terminé par une porte noire. Namba frappa, attendit qu'on l'autorise à entrer. Ils pénétrèrent dans un espace à l'éclairage tamisé. Yudai discerna le bar, une table de billard, des étagères gavées de dossiers, la baie vitrée donnant sur le baisodrome. Le son était complètement absorbé.

Boss Itami, la soixantaine émaciée, se tenait immobile derrière un bureau de verre. Ses cheveux blancs étaient lissés en arrière, un diamant brillait à son oreille, il portait le costume noir à col rigide et droit qu'affectionnaient certains politiciens. Debout derrière lui, une jeune femme d'une grande beauté, en fourreau scintillant, lui massait les épaules. Ses mains étaient longues et fines, ses ongles laqués de noir, sa sombre chevelure marquait la frontière de ses reins.

Le vieux fit un signe rapide, la fille se glissa dans l'ombre. On ne distingua plus que le chatoiement léger de sa robe.

Une chaise vide faisait face au bureau. Soulagement. Elle n'était pas posée sur une bâche en plastique.

— Tu salues Boss Itami ! jappa Namba.

Il obéit en s'inclinant et le gros malade lui comprima une fois encore la nuque pour le faire asseoir. Le regard du Boss n'était pas plus lisible qu'un morceau de charbon.

Yudai s'employa à réguler sa respiration. Le silence s'éternisa. Itami se décida enfin à réagir.

— La police t'a relâché, c'est bien…

— Pour la dette, je n'ai pas pu faire autrement, Boss, commença Yudai.

Une douleur aiguë lui vrilla le cerveau. Namba venait de lui cogner l'arrière du crâne. Yudai se dit qu'ils le soûlaient tous avec leurs saloperies et leurs gesticulations de primates. Des babouins agressifs. Le mâle alpha en haut de la pile et les bas-du-front interchangeables, comme Namba, au rez-de-chaussée. Il en avait sa dose de ce zoo.

— Ne cause pas avant qu'on te le demande, Ducon. Boss Itami a autre chose à faire que de s'occuper de ta dette minable.

Le Boss leva mollement la main, calmant Namba sur-le-champ.

171

— D'autant qu'une de tes clientes l'a payée, dit-il.

Yudai parvint à dissimuler sa surprise. C'était cela qu'Akiko avait voulu dire avant que Namba ne la frappe. Il comprit immédiatement ce qu'ils lui voulaient.

— Non, ce qui me gêne, continua Itami, c'est l'assassinat de l'Anglaise. Les flics pensent que c'est toi ?

— Ce n'est pas moi, Boss Itami. Mon alibi a été vérifié.

— Le désordre décourage les clients, je ne t'apprends rien. (Yudai hocha la tête.) Bien. Alors, si c'est pas toi, c'est qui ?

— J'aimerais le savoir.

Le Boss jeta un bref coup d'œil à son gorille lequel frappa Yudai à la tempe avec le dessus de sa grosse patte, celle qui portait la bague volumineuse. Des étincelles lui brouillèrent la vue.

— J'aime les débrouillards, Yudai. Trouve-moi qui a fait ça.

La fille était sortie de l'ombre pour se couler sur un canapé et caler une cigarette entre ses lèvres. Nouveau coup d'œil du Boss. Le gros larbin se précipita, briquet en main. La fille tira une bouffée voluptueuse et sourit. Ses dents avaient la perfection d'un rang de perles.

— La police est liée par les lois, reprit Itami. Ça la freine. Toi, tu feras ce que tu veux. Pas question que cette histoire traîne en longueur.

— Et s'il ne trouve pas ? demanda la fille.

La curiosité lui faisait briller les yeux.

— S'il ne trouve pas, ma belle, eh bien, il devra se désigner lui-même.

— Mais il a un alibi.

— Un alibi, ça se déconstruit. Tu iras en prison, Yudai. À ta sortie, on veillera sur toi. Même si tu commets des erreurs, tu fais partie de la famille…

— Ce n'est pas moi. Vous avez ma parole.

— Peut-être, mais c'est de ta faute. Tu as enfreint une règle importante en permettant à l'Anglaise de te fréquenter sans te payer. Tu es un gigolo. Tu aurais dû agir en tant que tel. Chacun doit rester à sa place.

— Le gigolo qui a des rêves trop grands pour lui, plaisanta la fille. C'est beau ou c'est triste ?

— Peu importe, il me faut un coupable, la coupa Itami. On a déjà assez de problèmes avec ces futurs jeux Olympiques[1].

Yudai se vit en taule. Et pour longtemps. Son père allait mourir, il ne le reverrait pas. Et Eri ferait en sorte que Ryu ne sache jamais que le sien était en prison.

*Je perdrai ma liberté, et le reste…*

Il n'avait pas le choix.

— Kate Sanders a été attachée avec de la cordelette bleue, lâcha-t-il. Du même type que celle que Namba a utilisée pour moi.

Itami écarquilla les yeux avant d'éclater de rire. La fille se joignit à la crise d'hilarité. Namba se tenant derrière lui, Yudai ne put lire son expression. Pour l'instant, le yak était une masse de silence.

Itami cessa de rigoler.

— Je t'ai dit d'enquêter, pas de me sortir la première stupidité venue. Tout le monde utilise de la cordelette pour faire ses paquets.

---

1. La municipalité de Tokyo envisage d'éradiquer Kabukicho avant les jeux Olympiques en 2020.

Yudai ravala sa salive.

— Je peux lui apprendre le respect, Boss ?

— Bien sûr, Namba, mais tu ne lui abîmes pas la tronche et tu vas t'amuser dehors.

— Oh non, ici, minauda la fille.

Le Boss hocha la tête comme un père attendri par un caprice enfantin.

Namba se jeta sur Yudai. Il lui arracha sa veste et sa chemise, sortit une cordelette bleue de sa poche, lui agita sous le nez. Ses yeux étaient vides, son sourire écœurant. Il ligatura ses poignets, l'attacha bras au-dessus de la tête à une étagère fixée au mur, défit sa ceinture. Il s'en servit pour lui fouetter le torse et le dos. Les premiers coups, Yudai tint bon, mais rapidement la douleur devint insupportable.

À chaque claquement de ceinture, la fille semblait savourer une friandise. Le visage du Boss ne trahissait aucune émotion. Sur le podium du baisodrome, un nouveau champion du *shifumi* besognait une étrangère qui avait l'air en porcelaine. Impossible de deviner si c'était la même.

Namba le libéra. Les jambes de Yudai cédèrent sous lui et il s'effondra. Namba lui hurla de se relever. Comme il n'y parvenait pas assez vite, le gros dingo lui lança ses vêtements au visage avant de lui défoncer les côtes à coups de pied.

Il le traîna à travers le théâtre bondé avec une force de cheval. Les branleurs associés ne leur accordèrent aucune attention. Le couloir rouge, l'ascenseur, le vieux père qui ricanait toujours. Et la rue. Sous la pluie. Namba l'y jeta.

Il se retrouva affalé dans les flaques. Son crâne allait éclater. Son corps n'était qu'une plaie. Il entendait l'averse monter en puissance, des voix. « Regarde,

174

il en tient une bonne. » « Vas-y, filme-le, c'est marrant. » « Quel crétin! »

Yudai se tourna sur le dos. Namba, montagne de nerfs ruisselante de flotte, le dominait. Un petit attroupement de badauds se tenait à distance prudente, sous des parapluies, les lumières de leurs portables dansaient comme des lucioles.

Il fallait qu'il sache si ce malade avait tué Kate. Il n'avait pas vu sa réaction dans le bureau du Boss, il n'était pas convaincu. Ça lui coûterait encore un peu plus cher, mais il devait savoir. De toute façon, Namba ne le tuerait pas. *Je suis leur marchandise.* De plus, on ne dégommait pas les marchandises devant témoins.

— Je ne te crois pas.

— Qu'est-ce que tu racontes, p'tit merdeux?

— Pour Kate. Le Boss a avalé trop vite ton histoire.

Namba posa un genou à terre, agrippa Yudai et rugit à quelques centimètres de sa bouche.

— Répète un peu!

— Quand je te regarde, je vois un type qui prend son plaisir en cognant.

— Tu veux te suicider ou quoi? Pauv' taré!

— Elle a été brutalisée, assommée. Son crâne porte une blessure. Et le mien aussi avec ta putain de bague.

Voix claire et nette, il ne tremblait pas. Son regard transperçait celui du colosse et ce qu'il y voyait était de la colère pure, cet honneur bafoué que trimballaient les yakuzas parce qu'ils s'imaginaient descendre des samouraïs. Rien que ça. Pour une fois, ça servait à quelque chose. Le gros ne mentait pas. Le gros n'avait pas tué Kate.

*Ou, si c'est le cas, c'est que ces foutues années à Kabukicho ne m'ont rien appris.*

— Accuse-moi encore une fois et t'es mort.

Le tremblement dans sa voix était contenu, la partie non paralysée de sa gueule secouée de tics.

— Je te crois, Namba. On est quittes.

— On le s'ra quand j'voudrai, grogna-t-il en le lâchant comme un sac.

Il se releva, prit du recul et un air appliqué.

Yudai s'enroula dans la position du fœtus et serra les dents. Les coups de pied ravagèrent ses cuisses et ses fesses.

— *HEY, SOMEBODY! CALL THE COPS!*

Le braillement du *gaijïn* inconnu eut un effet immédiat. Les coups cessèrent. Yudai mit du temps à se relever. Quand il y parvint, le fauve s'était volatilisé et les badauds formaient un cercle de murmures. Certains le filmaient avec leurs téléphones. Il les dévisagea un instant en silence et attendit que le sens de l'orientation lui revienne. Ses vêtements détrempés lui collaient à la peau. Ses fesses, ses côtes, ses cuisses étaient en feu. Mais il avait froid.

Où était donc le Café Château?

# 23

## Marie

Ils observaient les contours de l'île depuis le pont du voilier. Il avait apporté un pique-nique dans un grand panier d'osier et du champagne rosé. Elle n'avait pas plus envie de boire que de passer la journée avec lui, les nuits passées à se gâter le foie au Club Gaïa l'ayant vaccinée contre l'alcool, mais elle accepta de trinquer. Il fallait préserver leur relation, le soutien de Norio pourrait se révéler utile.

– Les autres clients fantasmaient tous sur Kate, dit-il. Ils n'ont pas bon goût.

– Pourquoi ?

– Tu as toujours été la plus jolie et la plus gentille. Ma favorite.

– Merci. Tu es mon client *préféré*, ça tombe bien.

– Kate était prétentieuse. Trop sûre d'elle. (Il lui tendait un cadeau enveloppé dans le papier bleu de chez Tiffany.) Ouvre. Je suis impatient de te voir contente.

Il la prenait déjà en photo. Elle se fabriqua une

mine ravie tandis qu'elle découvrait un pendentif en forme de cœur. Elle le fourguerait pour un bon prix.

— De l'or gris ?

— Oui, une couleur qui te va mieux que l'or jaune.

— Magnifique, Norio. On voit que tu es un artiste. Personne ne choisit les bijoux comme toi.

— Super ! Je veux être le seul à choisir tes cadeaux.

— Ça ne va pas recommencer !

— Je vais divorcer. Accepte de m'épouser. Tu sais que je n'ai pas d'enfant, tu hériteras. Et tu pourras résider au Japon avec des papiers officiels.

— Tu crois vraiment que je ne pense qu'à l'argent ?

— Ça m'est égal. Je te propose de ne plus avoir à te préoccuper des détails matériels.

— Norio, je t'aime beaucoup, mais on a déjà eu cette discussion mille fois.

— Et on l'aura encore jusqu'à ce que tu soies d'accord, ma jolie chérie.

— Tu es trop romantique.

Elle remplit son verre, le laissa l'embrasser.

— Même Sanae faisait une fixation sur Kate. Je me suis toujours demandé si la *mama-san* était lesbienne.

— Mais non.

— Je ne l'ai jamais vue avec un homme. Quand Kate passait du temps avec elle, Sanae semblait contente. Tu crois qu'elles ont couché ensemble ?

— Kate aimait les hommes.

— C'est peut-être un amoureux éconduit qui l'a tuée. Ça arrive. Évidemment, ça n'arriverait pas avec moi, je suis très doux.

Il lui demanda de se déshabiller et de se laisser photographier. Elle lui dit de faire vite, le vent du large la faisait frissonner.

Il se tortilla pour la mitrailler. Pauvre Norio, sa chevelure maigrissait mais ses poches sous les yeux enflaient. Avec ses vêtements trop larges pour sa carrure, il ressemblait de plus en plus à un épouvantail. Il allait lui proposer une « sieste coquine » en cabine. Heureusement, ça serait vite réglé.

Sa proposition de mariage était intéressante dans le fond. Il suffisait d'attendre qu'il passe l'arme à gauche pour rafler son compte en banque et son voilier, et voguer vers des cieux plus lumineux. Entre-temps, elle financerait Yudai pour qu'il retrouve sa sérénité ou ait enfin les moyens de quitter le *mizu-shobai*.

Mais elle avait rencontré Jason. Envisager de perdre de précieuses années avec Norio ou quiconque était devenu presque impossible.

Ils passèrent un après-midi interminable. Marie essaya de faire le vide, mais le visage de Jason ne cessa de la tourmenter.

*

Enfin seule, elle regardait la télé. Les journalistes de la NHK avaient interrogé des passants au hasard à Kabukicho. Des vues du Club Gaïa et du parc de Chiba passaient en boucle.

Le téléphone. Jason ?

Marie sentit la joie l'embraser. Il annonça qu'il arrivait dans la demi-heure.

Elle mit de l'ordre, sortit acheter une bouteille de vin, prit une douche, enfila la plus jolie robe de Kate. L'amie anglaise avait un visage plus racé, mais Marie des formes mieux distribuées. Du coup, ses robes lui allaient à ravir.

179

En lui ouvrant, elle fut déçue de son apathie. Il ne remarquait pas les efforts faits pour lui. Il n'était venu que pour trier les affaires de sa fille.

– Je ne vais pas les emporter. Tu connais une association que ça pourrait intéresser ?

– Je trouverai.

Elle l'aida à ranger les vêtements de Kate dans les grands sacs de toile qu'il avait apportés.

– Je m'attendais à trouver un journal intime. Enfant, elle en tenait un. Elle écrivait tout le temps.

– Elle ne tenait pas de journal à Tokyo. Je l'aurais su.

Elle aurait aimé lui parler de son propre roman et l'impressionner. *Non, Jason, je ne suis pas qu'une hôtesse de bar sans envergure. Je me suis immergée dans le mizu-shobai pour créer une histoire.*

Mais c'était prendre le risque qu'il la trouve indécente.

Elle lui proposa un verre de vin qu'il refusa.

– Aujourd'hui, c'est son anniversaire.

– Oui, je suis désolée.

*Oublie Kate. Je suis là.*

– Je vais rentrer en Angleterre. Ma famille m'attend. Je voulais te remercier pour ce que tu as fait. Kate a eu de la chance de t'avoir pour amie.

Elle s'avança tandis qu'il la considérait d'un air interloqué, se colla à lui, força sa langue dans sa bouche. Il l'écarta.

– Qu'est-ce qui te prend ?

– C'est mal venu, je sais, mais on ne choisit pas son moment. Je suis dingue de toi. Je l'ai su dès le premier instant…

– Arrête…

180

– J'ai essayé de me maîtriser, impossible. Je t'aime tellement, Jason.

Il la regardait avec stupéfaction ou horreur, elle ne savait pas. Il se déroba, elle le poursuivit.

– Écoute, Marie, je mets ça sur l'émotion de ces derniers jours. Tu as perdu ta meilleure amie. C'est la deuxième fois que ça arrive avec… comment s'appelait-elle, déjà?

– Béa, elle s'appelait Béa. Ne me laisse pas, Jason.

– Je ne suis pas libre, j'ai une famille que j'aime. Et jamais je ne profiterai de toi. Tu es si jeune… Rentre te reposer, calme-toi, et on en reparle, d'accord?

Il dévala l'escalier. Elle s'affala sur une marche, écouta ses pas mourir, laissa échapper un cri rauque. Elle aurait voulu pleurer mais n'y parvenait pas. Elle ne pleurait plus, ne rêvait plus. Depuis quand? Depuis très longtemps. Elle ferma les yeux, serra les poings. Le danger d'être *distendue* était revenu. Elle risquait la… dissolution. Kate, elle, n'était qu'une ombre. Mais c'était déjà quelque chose, elle existait dans le cœur des gens qui l'avaient aimée.

Elle se mordit le gras de la main jusqu'au sang. Jusqu'à ce que la douleur lui fasse savoir qu'elle existait toujours.

Elle rentra chez elle, enleva la robe de Kate, la fourra dans un sac avec les autres.

Il fallait se ressaisir. Ne jamais céder au doute ni au désespoir, c'était la leçon que cette vie lui avait enseignée. Elle trouverait le moyen de gagner Jason.

Elle décida de nettoyer le four, le réfrigérateur et les placards pour évacuer ses pensées négatives et fut interrompue par une livraison. C'était un bouquet de fleurs, pour Kate. La carte était de Yudai.

« *O tanjôbi omedetô Kate-chan.* » Bon anniversaire, ma petite Kate.

Yudai le fidèle avait passé commande avant la mort de Kate. Elle avait eu beaucoup de chance de le rencontrer. C'était un type bien. Marie se dit qu'il faudrait absolument qu'elle cultive cette amitié. Elle disposa les fleurs dans un vase.

*Je t'ai adopté, Yudai, tu es devenu mon meilleur ami. Je m'occuperai de toi mieux que Kate ne l'aurait fait.*

\*

« Pourtant, malgré ses côtés repoussants le charme vénéneux de Kabukicho agissait puissamment. J'éprouvais une fascination qu'on aurait pu qualifier de malsaine.

On me détailla les maintes alternatives offertes aux amateurs. Dans les *Lingerie Pubs*, des filles en guêpière et porte-jarretelles exécutaient des danses érotiques entre deux fellations. D'autres pros offraient leurs services à domicile ou à l'hôtel, en fonction d'un menu qui comprenait tout ce qu'il était possible d'obtenir, hormis la pénétration vaginale. Dans les très populaires *soaplands*, les pros massaient, lavaient et soulageaient sexuellement leurs habitués. Partout ailleurs, il suffisait au client potentiel de passer et repasser au même endroit pour qu'un maquereau ne tarde pas à lui proposer une descente dans un bordel discret pour une passe en bonne et due forme ne tenant aucun compte de la loi.

Je pillais la mémoire de mes clients avec
gourmandise. J'étais une ethnologue qui
rassemblait un matériau précieux, même si
je n'avais pas la moindre idée de son usage
futur.

Toujours plus attachée à cet étrange
microcosme que la nuit transfigurait en une
scène de désir et de liberté, je flottais dans
un état indéterminé avec l'illusion que le
temps s'était arrêté et que je n'avais pas
à me projeter dans l'avenir et une vie de
responsabilités.

Et puis mon corps me rappela à l'ordre.

Mes nuits étaient noyées dans l'alcool… »

On sonna. Jason ? Il avait changé d'avis, il mesurait
enfin l'étendue de son amour et la chance qu'il ne devait
pas laisser passer ? Elle ouvrit sans regarder dans
l'œilleton et le regretta. Une petite vieille grassouillette
aux vêtements chics et à la fureur contenue squattait
son paillasson, armée d'un parapluie. Elle le lui enfonça
dans le ventre et annonça être la femme de Norio.

— Je sais que tu veux me voler mon mari ! explosa-
t-elle. Alors je suis venue te donner de l'argent.

— Je n'en veux pas.

La vieille agitait une liasse de billets. Des coupures
de dix mille yens.

— Tu es une prostituée, alors je te paye. Pour coucher avec lui. Quand il t'aura eue, il sera rassasié et
ne te désirera plus. Tu comprends, petite minable ?

— Je vous ai dit de garder votre fric.

La femme lui jeta la liasse au visage.

— Avant, Norio faisait une fixation sur Kate. Mais
quand tu es arrivée, il n'a eu d'yeux que pour toi. Et

183

pourtant tu ne ressembles à rien. Tu n'as aucune classe, on voit que tu viens d'un mauvais milieu. Tu n'es personne. Alors je te paye, et tu disparais de notre vie. Compris ?

Marie cessa de bouger tandis qu'un mur de haine grossissait en elle. Un mur de béton hérissé de verre pilé. Elle pensa se jeter sur cette pouffiasse et lui arracher son museau de chihuahua avec les dents, mais un voisin américain passa une tête. La femme de Norio ne voulut pas se rendre ridicule plus longtemps et déguerpit.

– Y'a de l'ambiance, rigola le Yankee.

Elle pensa l'insulter puis changea d'avis, referma sa porte et se posta à la fenêtre. La vieille montait dans une voiture d'un gris métallisé et se barrait.

Elle s'installa en tailleur au milieu du tatami et s'efforça de calmer sa respiration et les battements de son cœur. Une forme attira son œil. Le bouddha posé sur la table basse. Une statuette en bronze, longiligne, noircie par le temps, la tête terminée par une pique. Kate l'avait achetée aux puces. Elle fixa son visage paisible.

Elle détestait qu'on l'insulte. Qu'on la traite de prostituée, chez elle, alors qu'elle avait cessé de travailler au Club Gaïa. Cette horrible vieillarde lui collait une étiquette sur le front, et cette étiquette lui faisait l'effet d'un marquage au fer rouge.

Elle réfléchit. Norio ne serait pas chez lui. Il faisait la tournée des bars avec ses amis. Elle retrouva la carte de visite qu'il lui avait donnée la nuit où il avait fait d'elle son hôtesse attitrée. Le plan d'accès était imprimé au verso. Il habitait près du parc de Yoyogi.

Le bouddha maigre lui donna une idée.

Elle enfila un pantalon et un T-shirt et prit de quoi

se changer. Elle retrouva les chaussettes molles et noires achetées par Kate lorsque c'était la mode. Avec une paire de ciseaux, elle en transforma une en cagoule de fortune. Elle la glissa dans son sac avec la statuette, une paire de gants fins, des sachets en plastique et le fric de la vieille.

Elle se rendit à la gare.

*

Coup de chance, Norio habitait une maison individuelle dans une rue tranquille. La Mitsubishi gris métallisé était garée sous un auvent. Elle vérifia que personne ne l'espionnait, enfila les gants et la cagoule, sonna. La femme de Norio ouvrit, son visage exprima une intense stupéfaction. Marie profita de cette hébétude pour la pousser à l'intérieur.

L'autre la supplia.

Marie la plaqua au sol, s'assit sur son ventre et la frappa avec la statuette. Un coup dans la bouche. *Tu ne m'insultes plus*. Un dans chaque œil. *Tu ne me verras plus*. Et un dans la trachée. *Tu disparais de ma vie*.

Le sang avait jailli de partout. Geysers de soulagement. La vioque ne respirait plus.

Elle fourra le pantalon et le T-shirt souillés dans des sachets en plastique, lava le sang maculant son visage et son cou dans l'évier de la cuisine, élimina toute trace éventuelle d'ADN avec un détergent et passa ses vêtements de rechange.

Les clés de la voiture sur le plan de travail de la cuisine. Elle monta à bord, sortit en douceur, sans allumer les codes, et prit la direction du parc de Yoyogi. Elle savait qu'elle y trouverait des SDF, leurs

185

tentes de fortune en bâche bleue s'étalaient dans les espaces verts et le long des voies de chemin de fer.

Après s'être garée, elle pénétra dans le parc par une allée secondaire, se dissimula dans les fourrés et en sortit lorsqu'elle fut sûre que sa présence ne serait pas remarquée. Des chaussures et des balais étaient posés devant cinq tentes. Un village minable et improbable. *C'est votre chance qui passe, les gars.* On entendait des voix, celles d'une émission de radio. Parfait, les sons couvriraient ses pas.

Elle distribua équitablement l'argent de la vieille en laissant un petit tas de billets devant chaque tente.

# 24

## Yudai

*Vendredi 16 octobre,*
*17 heures.*

Yudai avait passé la journée à dormir pour se retaper. On sonnait, il se traîna jusqu'à la porte.

Akiko se mit à pleurnicher lorsqu'elle découvrit dans quel état l'avait mis Namba. Eh oui, ses épaules et son dos étaient zébrés de sillons violets, son thorax bandé serré pour cause de côtes fêlées et il n'arrivait pas à chasser l'impression qu'un 3-tonnes lui avait roulé dessus. Impossible de visiter son père et son fils avec cette gueule de zombie.

Il repartit s'allonger en écoutant ses jérémiades. *Tu ne réponds plus au téléphone depuis que Namba t'a embarqué. J'étais folle d'inquiétude.* Et ainsi de suite.

– Je suis toujours vivant. La preuve.

– Mais ils t'ont salement amoché, c'est horrible.

Il ne put s'empêcher de sourire. Dommage que le cinglé ne lui ait pas un peu redessiné la gueule finalement. Si elle se mettait à le trouver moche, c'était peut-être sa chance, l'occasion qu'elle le lâche enfin.

187

— J'ai payé tes dettes. Je croyais qu'ils te laisseraient tranquille…

Il ne la remercia pas. Il savait ce qui lui était passé par la tête. En le finançant, elle le rendait redevable. Elle l'achetait.

— Je te rembourserai. Ne t'inquiète pas.

— Ce n'est pas ça qui m'inquiète, Yudai. Tu as déclenché la colère du Boss Itami. Pourquoi ? Qu'est-ce qui se passe ?

Il lui résuma la situation. Itami voulait un coupable.

— Si je ne lui offre pas sur un plateau, c'est moi qui jouerai le rôle. La méthode yakuza classique.

— Tu ne vas pas te laisser faire !

Il se surprit lui-même. Il était touché par sa sollicitude qu'il percevait sincère. Mais il ne pouvait pas s'accorder le luxe d'être sentimental. Il l'agrippa par le cou, serra. Son thorax meurtri le rappela à l'ordre, il tint bon. Les yeux exorbités, Akiko le supplia de la lâcher.

— Qu'est-ce qui te prend ? croassa-t-elle.

— Je n'ai pas oublié ce que tu m'as dit. Tu étais heureuse de la mort de Kate. De là à ce que tu l'aies provoquée…

— Tu me crois folle ? Je ne compte pas finir ma vie en prison.

— Craquer pour un type comme moi, c'est une preuve de santé mentale, peut-être ? Et mener cette vie absurde en te racontant des histoires de prince charmant, c'est pas dingue ?

Il la gifla plusieurs fois de suite. C'était plus physique que ce qu'il avait imaginé, surtout avec les muscles endoloris, mais ses heures à faire le vide à l'horizontale l'avaient un peu ressuscité.

Elle se laissa glisser contre le lit et fondit en sanglots. Il la secoua par les épaules.

188

— Je ne t'ai jamais aimée, Akiko. C'est clair? Et je ne veux pas crever à ta place. Tu vas me prouver que tu n'as rien à voir avec la mort de Kate.

— Quand elle a été enterrée, j'étais avec un client.

— Un régulier?

— Oui.

— Appelle-le. Donne-lui rendez-vous.

— Je n'ai pas son téléphone. Même si je l'avais, il n'accepterait pas d'être convoqué. Il a un job sérieux, une famille… Mais je vais contacter Yuko.

— Qui ça?

— Ce client aime faire ça à trois. Tous les lundis, je travaille avec Yuko.

Elle composa le numéro d'une main tremblante. Yudai l'arrêta et annonça qu'ils iraient vérifier sur place. Il fit un café à réveiller les morts et avala deux analgésiques.

Ils se rendirent en taxi à Ikebukuro et débarquèrent chez la partenaire d'Akiko. Elle émergea, ensommeillée puis mécontente, d'un studio minable et mal rangé. Yudai calma sa mauvaise humeur avec quelques billets. Elle confirma l'alibi d'Akiko, empocha l'argent et leur claqua la porte au nez.

Ils se retrouvèrent dans la rue. Le ciel avait l'intention de leur chialer sur la tête. Akiko avait son air blessé.

— Je suis éliminée de la liste des suspects, c'est bon?

Il ne se fatigua pas à lui répondre. Le sentiment d'être enfin lui-même était intoxiquant. Il héla un taxi et paya le chauffeur pour qu'il raccompagne Akiko chez elle.

Il avait établi un plan de bataille pendant son repos forcé. Il interrogerait les fidèles de Kate les uns après les autres. À la dure, si nécessaire. Il décida de commencer par un ex-client, le dessinateur de bateaux maniaque de la photo. Avant que Marie ne rejoigne l'équipe du Club Gaïa et n'accapare son attention, il faisait une fixette sur Kate. Elle avait parlé de lui comme d'un *voyeur épuisant*.

Il acheta un soda énergétique dans un distributeur, le but en quelques gorgées et téléphona à Marie. Il n'eut guère de mal à la convaincre de lui donner l'adresse de l'architecte naval. À sa grande surprise, elle le remercia. Les fleurs étaient arrivées pour Kate.

– J'admire ta fidélité, Yudai. Et je te propose mon amitié.

Il lui fit de vagues promesses et trouva une formule aimable avant de raccrocher. Cette fille était très seule, et la disparition de Kate creusait d'autant plus son isolement. Elle quémandait son amitié, c'était pitoyable, mais il avait d'autres soucis pour le moment. Il fallait la garder de bonne humeur. Elle l'aiderait à localiser les autres clients de Kate si la discussion avec Norio ne donnait rien.

Il prit un taxi et se fit déposer devant l'entrée principale du parc de Yoyogi. Il ferait le reste à pied. S'il devait en venir aux mains, autant ne pas se faire remarquer par les voisins.

Il tourna au croisement et pila net. La rue paisible qu'habitait Norio Kashima ne l'était pas vraiment, un van et une voiture de flics étaient parqués devant son domicile. Yudai interrogea un résident. Le type lui apprit que la propriétaire avait été retrouvée morte, visage massacré, dans sa propre maison. Son mari avait été arrêté.

– On entendait souvent des disputes. Ça devait finir comme ça.

190

Son téléphone vibrait dans sa poche. Le numéro de la maison de retraite s'affichait sur l'écran. Yudai s'éloigna pour répondre. C'était le directeur, très énervé.

— J'essaie de vous joindre depuis plusieurs jours. (Pendant que j'étais en garde à vue, réalisa Yudai.) Je suis vraiment désolé, mais j'ai une mauvaise nouvelle...

— Mon père ?

— Oui, il est malheureusement décédé. Sans nouvelles de vous, nous avons dû transférer son corps à l'hôpital.

Yudai s'agrippa à la grille d'un jardin. La ville se replia sur sa tête. Il eut l'impression de respirer de la boue.

Le directeur annonça qu'il lui envoyait l'adresse de l'hôpital par texto.

Yudai courut vers le parc, ne s'arrêta que lorsqu'il trouva un endroit désert. Il se laissa tomber à genoux dans l'herbe. Et insulta le ciel en hurlant.

*

Il patienta dans le hall, puis une infirmière l'accompagna jusqu'à la salle funéraire où se trouvaient les cendres de son père, ses effets personnels, l'urne et le carré de tissu pour l'envelopper. Elle lui tendit la paire de gants blancs, les baguettes et le laissa seul.

Les restes étaient disposés sur un plateau en Inox. La crémation était incomplète. Bois, vêtements, cheveux et chairs avaient brûlé, mais subsistaient quelques morceaux des os les plus volumineux, comme les tibias et le crâne.

Yudai pensa à Ryu. Comment allait-il lui annoncer la disparition du grand-père qu'il aimait tant ? Lui

191

qui enrobait la réalité dans le miel, lui qui mentait avec aisance, trouverait-il les mots cette fois ?

*À présent, c'est moi l'adulte de la famille. C'est sur mes épaules que tout repose.*

Il se sentit dévoré par les regrets. Il n'entendrait plus la voix de son père. Il ne pourrait plus prendre sa main, rire avec lui, se taire avec lui. Plus personne ne lui donnerait de conseils aussi désintéressés qu'avisés. Plus personne ne lui parlerait de l'enfant qu'il avait été et des rêves qu'il avait caressés.

S'apitoyer ne servait à rien. Il devait effectuer le rituel qu'on attendait de lui.

Il enfila les gants immaculés, saisit les morceaux d'os avec les baguettes et les disposa un à un dans l'urne. Puis il se recueillit.

\*

Yudai quitta l'hôpital et remonta la rue avec l'impression de flotter dans l'espace. Peu importaient son visage et son corps cabossés, rien ne devait l'empêcher d'annoncer la nouvelle à Ryu. Son téléphone sonna alors que son taxi venait de démarrer.

— Allô, elle avance ton enquête, Ducon ?

— Mon père est mort.

— Et ça devrait m'intéresser ? Remarque, ouais, en fait, ça m'intéresse. Ton vieux a claqué parce qu'il était hors service ou malade, j'm'en tape, mais ton môme, lui, il est en pleine forme.

Yudai sentit son cœur s'effondrer. Il réussit à articuler.

— Qu'est-ce que tu veux dire ?

— Un accident peut arriver au p'tit Ryu si tu t'actives pas mieux. Tu piges ?

192

Ce cinglé connaissait le prénom de son fils. Il avait tout épluché. C'était devenu un match entre eux. Un truc maladif et personnel. Yudai comprit qu'il n'y avait plus un millimètre de liberté dans son existence.

— Je fais ce que le Boss désire. Je ne lâche rien.

— Ouais, c'est ça, lâche rien. Salut, Ducon.

Il avait raccroché. Le regard du chauffeur de taxi papillonnait nerveusement dans le rétro. Yudai se sentit glacé. La mort de Kate marquait le début d'une malédiction qui montait lentement en puissance et les engluerait dans ses eaux noires, lui et ses proches. Ou bien, est-ce que ça avait commencé bien avant ? Dans la gare de Shinjuku ?

*Lorsque ma mère s'est jetée sous le train…*

Il se ressaisit, appela son ex-femme, expliqua qu'il avait été menacé. Il fallait qu'elle parte au plus vite à Hawaï avec Ryu.

— Un déménagement se prépare à l'avance, Yudai. Tu devrais le savoir. Et puis, je n'ai pas l'intention de faire arrêter l'école à Ryu en cours d'année. C'est l'une des meilleures de Tokyo. J'ai eu un mal fou à l'y faire inscrire.

— Écoute, c'est sérieux.

— Comme tout ce que tu racontes ? Arrête de délirer. Les yakuzas ne s'attaquent pas aux enfants.

— Eri, je t'en prie…

— Écoute, j'ai du boulot par-dessus la tête.

— Ryu doit passer avant ton travail !

— Je pense que tu es complètement parano, mais je demanderai à un ami sportif de l'amener à l'école et de le ramener. Ça te va ? Lâche-moi, maintenant.

Comme Namba, elle lui raccrocha au nez. Il ravala un juron.

193

Le chauffeur de taxi le dévisageait toujours. Yudai réalisa qu'il ne lui avait pas donné sa destination. Il retrouva l'adresse de Sanae dans son agenda électronique.

# 25

## Yamada

Le mari fondait sur lui-même. Yamada imaginait son tourment. On franchit une barrière, sans savoir pourquoi, sans savoir qu'on en était capable, et on le regrette sa vie durant.

En attendant, il niait farouchement avoir assassiné sa femme. Et l'arme restait introuvable. Le légiste penchait pour un pic à glace, mais la géométrie de celui de la maison ne correspondait pas à celle des orifices. Une certitude, c'était un crime passionnel. La mort avait été donnée avec rage. Yuko Kashima n'avait eu aucune chance.

L'enquête dans le quartier ne débouchait sur rien. Personne n'avait vu quiconque pénétrer chez les Kashima. Une voisine affirmait que Yuko avait garé sa Mitsubishi sous l'auvent, le jour de sa mort, en fin d'après-midi. Pour l'instant, l'emplacement de parking était déserté, la voiture aussi introuvable que l'arme du crime. D'après les ragots, Norio Kashima délaissait son épouse et rentrait souvent soûl à des heures impossibles.

Le plus troublant, c'est qu'il était un régulier du Club Gaïa.

Sa femme et, avant ça, Kate. Il avait été un habitué de la jeune Anglaise avant de jeter son dévolu sur Marie Castain.

– À mon avis, c'est lui qui a dessoudé sa femme et Kate Sanders, répéta Watanabe.

Chacun équipé d'un gobelet de thé, ils observaient le prévenu depuis le couloir, à travers le miroir sans tain. La hiérarchie avait aussitôt mis une équipe sur le trafic routier. La ville était truffée de caméras, on espérait identifier la personne au volant de la Mitsu-bishi gris métallisé.

Capitaine et lieutenant travaillaient le cuir du mari. Une tâche délicate, Yamada avait connu le cas d'un innocent qui par fatigue extrême avait avoué un homicide. Il avait écopé de sept ans avant qu'un hasard complet ne mette la police sur la piste du vrai coupable.

Lorsqu'ils revinrent en salle d'interrogatoire, l'architecte naval leur décocha un regard de bête traquée.

– On reprend ! jappa Watanabe. Rappelle-moi ce que tu faisais hier, dans l'après-midi.

– J'ai navigué avec Marie. Ensuite, j'ai retrouvé deux amis.

– Ouais, on a vérifié. Tes potes ont confirmé. Deux barmen aussi. Mais c'est pas si simple.

– Quoi donc ?

– Entre le bateau et la picole, il y a un vide. Pas besoin d'utiliser le langage des signes, t'es pas sour-dingue, tu comprends ce que je dis, hein ?

– Je vous répète que j'ai marché dans Ginza.

– Ah oui, c'est le problème. Aucune preuve. Et puis, l'autre souci, c'est les statistiques. En général, ce genre de crime, c'est une affaire entre proches. Dans plus de quatre-vingt-dix pour cent des cas.

196

– Ma femme et moi, on ne s'entendait plus, mais je ne lui ai pas fait de mal. Quand je suis rentré et que je l'ai trouvée, j'ai fait un malaise. C'était horrible. C'est un fou qui a fait ça.

On avait effectivement retrouvé une petite mare de vomi à côté du corps, mais n'importe qui pouvait se faire vomir. Et puis, il y avait les photos. L'ordinateur personnel de Norio Kashima était bourré de clichés de jeunes filles généralement dénudées, et parfois engagées dans des activités avec des ustensiles tels que godemichets fluo ou menottes en peluche. Parmi les modèles, Marie Castain. Ce qui était une surprise pour Yamada, car elle avait prétendu avec un naturel désarmant n'avoir aucune relation sexuelle avec ses clients.

– Il y a d'abord Kate Sanders, assassinée de manière particulièrement cruelle, reprit Watanabe. Et puis ta femme, massacrée avec on ne sait quoi. Il y a ta vie sexuelle compliquée et tes soirées passées à boire…

– Dans ce cas, Tokyo est plein de suspects.

– Très drôle et merci du conseil. Mais tu as un gros problème. Le jour où Kate est morte, tu étais chez toi. Pour une fois. Et le seul témoin, c'était ta femme. Trop bête.

– Je n'ai pas tué Kate, je n'ai pas tué ma femme. J'aime prendre des photos et passer du temps avec de jolies filles. Il y a aussi des vues de Tokyo avec des chats et des fleurs dans ma photothèque. Je ne suis pas un monstre.

Le prévenu mâchouillait une idée. Le lieutenant réussit à lui extirper.

– Allez donc interroger, Sanae, la *mama-san* du Club Gaïa.

— Pourquoi ? demanda Yamada.

— Elle avait un faible pour Kate.

— Et alors ?

— Ce n'était peut-être pas assez réciproque à son goût.

— La *mama-san* est épaisse comme une brindille, lâcha Watanabe. Tu la vois enterrer l'Anglaise à plus de deux mètres de profondeur ?

— Sanae n'était plus la même ces derniers temps. En présence de Kate, elle était nerveuse. Au début, elles se retrouvaient souvent après le travail. Sanae l'invitait dans son bureau, elles regardaient de vieux films. Ça n'arrivait pas avec toutes les hôtesses. Kate était plus intelligente que les autres… et jolie.

— Trop jolie, trop intelligente ? ricana Watanabe.

— Pour moi, oui. Je préférais nettement la compagnie de Marie. Allez l'interroger. Elle vous dira que je ne suis pas un meurtrier.

# 26

## Marie

*Samedi 17 octobre,*
*11 heures.*

Marie avait pris le train vers l'ouest et les montagnes. La forêt sentait fort et bon, l'air était comme un baume. C'était une sensation enivrante de se retrouver dans la nature, loin de la faune de Kabukicho. Jusque-là, elle n'avait croisé qu'un couple de quadragénaires et une petite troupe de gens âgés. Ils l'avaient saluée chaleureusement.

Marcher l'apaisait. Des idées vagues affluaient, des images de sa vie, les visages des gens aimés, et lentement, sûrement, elle avait le sentiment de se régénérer. De redevenir une personne avec un avenir.

Mais le vent se leva, et de lourds nuages gris assombrirent la forêt. Bientôt, la pluie tomba dru et Marie ralentit le pas. Elle se reprocha d'avoir cédé à son impulsion. Elle aurait dû consulter la météo.

Des rigoles de boue empoissèrent le sentier escarpé. Ses semelles glissèrent sur les roches dégoulinantes. Elle regretta de ne pas avoir de bâton de marche. Elle avait toujours considéré que c'était un accessoire pour vieux, une béquille dont elle pourrait se passer encore longtemps.

La pluie lui brouilla la vue, elle ne vit pas une racine, chuta, sentit une douleur aiguë dans sa fesse droite. Elle tâta son pantalon, constata qu'elle saignait. Elle s'était blessée sur l'un des pitons rouillés des marches en bois. Elle était vaccinée contre le tétanos, mais cette chute cassait l'ambiance. La réalité resurgissait après des heures de méditation bénéfique.

L'environnement lui parut hostile. Les gigantesques cèdres devinrent des créatures puissantes et nocives, l'averse chanta une comptine malsaine. Elle se souvint d'un fait divers remontant à quelques mois. Une éruption volcanique avait avalé un rang de randonneurs non loin de Tokyo. On avait retrouvé leurs corps calcinés. La Nature savait se montrer cruelle. Il n'y avait pas de hasard, cette brusque violence était un reproche.

Le vent lui murmura une menace. « *Présomptueuse Marie... Trop sûre de toi... N'as-tu pas oublié quelque chose ?* »

Elle décida de rebrousser chemin. Un renoncement. C'était la première fois.

Depuis son arrivée au Japon, elle avait randonné chaque semaine. Elle était disciplinée, avait une forme physique excellente et pouvait marcher plus de six heures d'affilée à un bon rythme. Toujours en solo, puisque Kate ne voulait pas entendre parler du grand air et de la dépense physique. *Mademoiselle Kate* privilégiait les activités intellectuelles. Elle écrivait. Et il ne fallait pas perturber la création de son grand œuvre.

Un roman. Qui se déroulait à Kabukicho.

Norio avait raison. Kate était vraiment prétentieuse. Elle se croyait unique et voulait démontrer son originalité profonde au seul être qui n'y croyait pas puisqu'il l'avait vue naître et savait qu'elle était certes jolie, mais pas plus futée que la moyenne. *Daddy*.

Il lui fallut une heure et demie avant d'apercevoir la petite localité assoupie dans la vallée. Elle avait repéré un établissement de bains et comptait se délasser dans l'eau chaude avant de reprendre le train pour Tokyo.

À cette heure-là, l'*onsen* n'était fréquenté que par des mères de famille et leurs très jeunes enfants.

Marie acheta son ticket à la machine, récupéra une serviette-éponge. Elle se déshabilla, laissa ses affaires et son sac à dos dans un casier métallique. Elle se lava assise, comme les autres femmes, se rinça soigneusement et alla s'immerger.

Provenant d'une source chaude naturelle, l'eau était brunâtre. Son odeur de soufre était forte mais pas désagréable. Les bassins étaient installés sous une verrière. Une large baie offrait une vue sur la campagne et les montagnes, mais le temps gris ne s'était pas levé et l'atmosphère était sinistre.

Elle se glissa lentement dans l'eau brûlante. Il fallait s'immerger progressivement, le thermostat indiquait 45°C. La sensation fut délicieuse, comme à l'accoutumée. Les autres femmes et leurs gamins observèrent la *gaijin* qu'elle était pendant un court moment puis oublièrent sa présence. C'était ce qu'il lui fallait, se fondre dans l'ambiance, oublier ses émotions en yo-yo et le départ imminent de Jason. Elle se détendit. Petit à petit les conversations se raréfièrent.

Lorsqu'elle rouvrit les yeux, elle constata qu'elle était seule. C'était l'heure du déjeuner, les Japonais ne plaisantaient jamais avec les horaires. Tant mieux, elle avait le bassin pour elle.

Elle se plaqua contre un jet bouillonnant et soupira d'aise. Elle barbotait avec les dieux. Les mains du *kami* de l'eau s'occupaient de son dos. La voix du *kami* du vent lui chantait une berceuse. Bientôt, au revoir les courbatures, salut les tracas.

Sentant une présence, elle tourna la tête. Dans l'épais nuage de vapeur, une femme se tenait debout. Elle était mince, ses cheveux blonds étaient remontés dans un chignon flou. Marie sursauta.

Kate. Son fantôme.

Elle resta pétrifiée, puis se précipita hors du bassin, manqua s'étaler en glissant sur le carrelage mouillé. Elle devait passer devant l'apparition pour retourner au vestiaire.

Elle pensa la noyer – on pouvait mourir deux fois. *Et je ne crains ni les dieux ni les spectres.* Elle se rendit compte que la fille lui souriait d'un air gêné.

Ce n'était pas Kate, mais une inconnue au visage criblé de taches de rousseur. Marie répondit à son salut, bafouilla qu'elle avait reçu un coup de fil urgent et disparut dans les vestiaires. Elle se rhabilla en se reprochant sa bêtise. Comment avait-elle pu croire à une vision ? Ces randonnées n'étaient pas que bénéfiques. S'ouvrait parfois à nos sens un monde que personne n'avait envie d'explorer.

Elle repartit à la gare, acheta son billet et une canette de thé chaud au distributeur. Un quart d'heure plus tard, elle montait à bord du train.

Elle ralluma son portable et constata qu'elle avait deux messages vocaux et un texto. Les messages étaient du capitaine Yamada, il souhaitait la voir au plus vite. Rien de surprenant.

Le texto était plus enthousiasmant. Normal, il était de Yudai. « *Rejoins-moi dès que possible à Hanazono.* » Elle répondit en éprouvant une joie intense. Leur amitié allait prendre et grandir, comme une bouture dans un pot.

Il lui donnait rendez-vous dans ce même sanctuaire shintô où jadis il retrouvait Kate. Hanazono. Un îlot paisible dans la furie de Kabukicho.

Le ciel était toujours maussade mais ça n'avait plus d'importance.

\*

Pas question de rappeler Yamada, elle avait déjà gâché trop d'heures dans ce stupide commissariat. Elle se doutait qu'ils avaient arrêté Norio.

*Allez vous faire foutre, je n'ai rien de plus à vous dire.*

Elle repassa par Nakano pour se changer, fouilla les affaires de Kate, opta pour une robe toute simple qu'elle égaya avec un carré de soie. Un cadeau de Norio, du temps où il ne jurait que par la belle Anglaise. Kate n'avait jamais voulu se prêter à ses séances photo ou ses plans cul au *love hotel*. Il s'était lassé. Pour autant, il n'avait pas eu la bassesse de lui demander de restituer ses cadeaux.

Elle reprit le train et arriva à temps au rendez-vous.

Yudai, en costume à fines rayures, chemise blanche impeccable à boutons de manchette en forme de nuage. Son maintien était raide et il expliqua qu'il avait eu maille à partir avec les yakuzas. La mort de Kate nuisait à leur business. Ils exigeaient un coupable. S'il ne leur en fournissait pas un, il devrait se dénoncer.

Elle comprenait le concept. Cette société hiérarchisée repoussait le chaos. Politiciens, yakuzas ou simples citoyens, tous adhéraient aux mêmes principes. Mettre de l'huile dans les rouages du système et éviter les vérités frontales. Yudai ne semblait pas se révolter.

Il évoqua l'arrestation de Norio, elle se confectionna un air choqué. Facile. Il suffisait de sortir du tiroir la jeune femme crédule et fraîche.

– J'aurais pu être la prochaine victime! (Elle porta sa main à sa gorge.) Si ça se trouve, c'est lui qui a tué Kate.

– C'est possible, mais je n'avais pas vu cette noirceur en lui.

Son téléphone émettait de petits signaux sonores réguliers.

– Tu peux répondre à tes textos, Yudai, ça ne me dérange pas.

– Ce n'est que ma cliente Akiko. Elle est... absolument...

– Insupportable?

– Oui, on peut dire ça.

Il lui sourit avec grâce. Elle dégustait la complicité qui se tissait entre eux. Kate n'était pas irremplaçable avec ses grands airs, ses théories sur tout, ses innombrables conseils. « *Tu ne devrais pas céder aux avances de Norio, Marie... Accepter des cadeaux ne t'oblige pas à coucher avec lui... Pourquoi ne rentres-tu pas un peu en France pour renouer des liens avec ta famille? Kabukicho, c'est usant et délétère...* »

– Détaille-moi tes déboires, Yudai, ça te soulagera.

Il accepta volontiers. Elle éprouva une forte empathie lorsqu'il raconta sa virée poisseuse dans le théâtre désaffecté. Les filles réduites à l'état de paillassons sexuels. Boss Itami, roi des pourceaux, et son brutal valet Namba.

Les signaux sonores continuaient de perturber leur échange. *Damnée Akiko et ses textos.* Yudai raconta qu'elle avait payé sa dette. Marie devina ce que cette pute attendait en retour. Une reddition complète, dont il n'avait manifestement pas envie. Lui qui rêvait d'une vraie vie, d'une famille. Il lui apprit la mort de son père. Elle lui présenta ses sincères condoléances.

Elle s'imagina dans sa peau. Orphelin. Exploité. Travaillant jusqu'à la limite de ses forces. Survivant au milieu des porcs et des obsédées. Il avait des rêves simples que personne ne voulait lui accorder.

Ils étaient *vraiment* les deux faces d'une même pièce. Yudai et Marie, frère et sœur par choix.

# 27

## Yamada

Les fenêtres de la maison étaient allumées. Il pensa qu'elle habitait un joli quartier tranquille et que c'était la première fois qu'il pénétrait dans son intimité alors qu'ils se connaissaient depuis toujours.

Sanae le guettait, elle ouvrit avant qu'il ne sonne. Yamada la trouva nerveuse. Une nouvelle ride avait emménagé entre ses sourcils. Il s'inquiéta. Elle ne pouvait pas être responsable de la mort de Kate...

Elle carburait au whisky et lui servit une rasade d'office.

– J'ai peur, Kentaro. Kate, et maintenant la femme d'un de nos plus fidèles clients...

Elle semblait sincère, il en fut soulagé.

– Écoute, Sanae, je suis ici parce que Norio Kashima prétend qu'il y avait une histoire entre Kate et toi.

– Une histoire ?

– Un lien sexuel, bien sûr.

– Rien que ça ! Je n'ai jamais aimé les filles, Kentaro. Tu devrais t'en douter.

– J'avoue que ça m'a surpris.

– Norio essaie de s'en sortir en me chargeant.

– Marie prétend que tes liens avec Kate étaient plus forts qu'avec les autres hôtesses...

– Ah, Marie! Je ne me suis jamais sentie à l'aise avec cette fille. Mes relations avec Kate se sont gâtées, c'est vrai. Mais ce n'était pas une histoire d'amour déçu.

– Et donc, c'était...

– Un problème de confiance. Et qui n'a rien à voir avec sa mort ou celle de la femme de Norio.

– Ça m'aiderait beaucoup si tu pouvais m'éclairer.

– J'ai fait des confidences à Kate. J'ai cru qu'elle m'appréciait, et j'ai réalisé qu'elle m'utilisait.

– C'est-à-dire?

– Elle me trouvait intéressante. Et peut-être bien pitoyable...

– Je ne comprends pas.

– En gros, elle me voyait comme une source.

– Une source?

– D'inspiration pour un personnage. Un roman? Un scénario? Je n'ai pas voulu le savoir. Cette vampirisation m'écœurait.

– Et tu lui en avais trop dit.

Elle lui servit l'une de ses mines de chatte.

– Ça viendra en son heure, Kentaro. J'ai toujours eu un faible pour toi, tu le sais bien. Et je ne t'ai jamais menti. Ou alors par omission.

– Ça ne m'arrange pas, ce mystère, Sanae. Le tueur de Kate court toujours. Et j'ai un nouveau cadavre sur les bras. Tu ne voudrais pas te sentir responsable s'il faisait une nouvelle victime.

– Je ne me sentirai pas responsable parce que ça n'a rien à voir. Crois-moi.

Il pouvait l'embarquer, la confronter à Norio Kashima et à Marie Castain. Mais elle ne parlerait pas, il en était quasiment certain. Pourtant, il fallait le faire. En tant que policier, il avait des obligations.

Elle comprit qu'il serait inflexible.

– Attends là, je prends mon manteau.

Lorsqu'elle monta à ses côtés, son parfum emplit la voiture. C'était le même que celui qu'elle portait trente ans auparavant. Un parfum français. Il n'avait pas oublié la fragrance, mais il avait oublié le nom, évidemment.

# 28

## Marie

Un pub bourré de braillards. Jason l'avait invitée en terrain neutre. Marie voyait clair dans son jeu, il ne voulait pas se retrouver seul avec elle.

Elle dévorait son visage, voulait s'imprégner de son souvenir. Demain, il serait dans l'avion pour Londres, et embarquerait la dépouille de sa fille.

Vaincu, lessivé par son séjour en terre étrangère, il repartait sans réponse. Elle le trouvait d'autant plus touchant, d'autant plus désirable. Elle aurait voulu lui expliquer qu'elle n'était responsable de rien, que tout était écrit. Et qu'elle avait toujours agi en suivant son instinct.

*Et mon instinct me hurle que ma vie c'est toi, Jason.*

Les Australiens s'excitaient devant un match de rugby télévisé. Jason avait commandé une bière à la pression. Elle aussi. Toujours cette envie d'être au diapason.

Il avait presque fini son verre, lui racontait ce qui lui passait par la tête. Restons en contact. Fais-moi signe en cas de souci. C'étaient des artifices, mais elle ne lui en voulait pas. Elle vivait dans la Cité du mensonge depuis si longtemps. Il était clair qu'il fallait qu'elle parte.

Tiens, peut-être bien en Australie, au pays des braillards et des bestioles inhospitalières.

*Australie, Australia. Terre d'opportunité. Terroir pour une nouvelle identité.*

La fatalité avait voulu qu'elle tombe amoureuse du seul homme qu'elle ne pouvait pas avoir. C'était la faute de Kate. Si elles ne s'étaient pas rencontrées, Marie n'aurait pas eu envie de lui emprunter sa vie. Et elle n'aurait pas rencontré son père. Et n'aurait pas connu les affres de la passion.

L'amour était une invention de l'esprit, parce qu'en réalité nos sentiments n'étaient que le produit d'échanges chimiques complexes. En fait, elle ne pensait aucunement être une machine biologique. Elle était plutôt un esprit très souple. Pour la bonne raison qu'elle pouvait passer de corps en corps, de vie en vie, à volonté. Un don, un sortilège d'une grande beauté, même s'il exigeait d'utiliser tous les moyens, jusqu'aux moins recommandables, pour éliminer les obstacles.

Jason était un diamant dans le boyau fluide du temps. L'origine d'un sentiment si puissant qu'il la faisait douter de son pouvoir. Il l'écorchait.

*Mais tu peux continuer à être libre,* lui susurra la petite voix. *Voler autant d'existences que tu le désires. Les Anglais aiment l'Australie. Jason t'y rejoindra, attiré comme par un aimant. Et toi, tu seras là pour l'accueillir, pour lui donner ce dont il n'imagine pas avoir besoin. Laisse-lui le temps, il ne le sait pas encore, mais il te veut. C'est écrit.*

– Il faut que je m'en aille, Marie. J'aurai encore

des formalités à régler demain, à la première heure. Merci. Pour tout.

Elle se pencha vers lui, posa les mains sur ses épaules, murmura qu'elle l'attendrait. Des années s'il le fallait. Il se dégagea et sortit du pub sans se retourner.

Elle s'observa dans le miroir, crut un instant qu'elle ne verrait pas de reflet. Mais non, c'était bien elle, Marie, une femme au visage métamorphosé par le désir.

C'est en rentrant à Nakano qu'elle reçut le texto de Mathilde. Sa compatriote raide dingue du Japon au point d'y passer sa vie. L'entremetteuse de l'édition. Marie avait presque oublié son existence.

« *Deux importantes maisons d'édition françaises sont intéressées par votre manuscrit…* » Elle lui proposait enfin un rendez-vous chez elle, à Hibiya, son domicile faisant également office de bureau. Marie lui confirma sa présence.

Elle aurait dû être heureuse, mais le départ de Jason avait congelé son cœur. La vie soufflait le chaud, mais surtout le froid.

Elle redressa la tête, prit une grande inspiration. Ça ne l'empêcherait pas d'aller jusqu'au bout.

# 29

## Yamada

Ils l'avaient interrogée sans succès. Sa confrontation avec Norio n'avait pas été belle à voir. Cet « excellent client » du Club Gaïa avait essayé d'enfoncer la *mama-san*. Elle avait tenu bon. Yamada admirait sa classe. Sanae, femme incassable.

Plus tard, il alla se recueillir dans son square favori. La lune était grosse, très blanche, la fraîcheur de la nuit agréable. Il passa un coup de fil à sa femme pour lui dire qu'il ne rentrerait peut-être pas. Elle répliqua avec douceur qu'elle lui garderait une collation. Il lui souhaita bonne nuit et raccrocha.

Son épouse était la femme idéale, discrète, patiente et aux manières exquises. Physiquement, elle ressemblait assez à Sanae, mais avec des formes plus pleines. Elle faisait du sport et ne buvait pas. Sage décision, l'alcool et les nuits fauves de Kabukicho ne pardonnaient pas.

Watanabe vint le rejoindre. Une déplaisante intrusion, il aurait dû sentir que le square au pin était un lieu hors du monde, son petit sanctuaire à lui. Mais son jeune adjoint rugissait déjà et cassait l'ambiance.

– On a retrouvé la Mitsubishi.

– Où ça?

– Sous le pont de Nihonbashi. Là où il n'y a pas de caméra.

Yamada se demanda si c'était un hasard ou un choix délibéré. Chacun savait que le célèbre pont était le point d'origine de toutes les routes de l'ancienne Edo. Il était aussi la base de référence moderne pour évaluer les distances. Ce point précis était le gros pilier supporté par deux *kirin*, des chevaux-dragons à l'air peu commode.

– Et avant ça?

– Les caméras ont enregistré la voiture des Kashima sur plusieurs tronçons routiers. Mais elle a franchi un tunnel. À la sortie, c'était une mer de bagnoles. Et la pluie empêchait de lire les plaques. Les Mitsubishi grises, c'est pas ce qui manque.

– Le visage du conducteur?

– Il portait une cagoule.

– Ça peut être n'importe qui.

– Oui, à commencer par Norio Kashima. En plus de ça, impossible de joindre Marie Castain, chef. Elle ne répond pas au téléphone. Je fais un saut chez elle, d'accord?

– Si tu veux.

– Entre Norio et Sanae, ça ne donne rien. Alors un duel entre Marie et Norio, ça peut marcher.

– Oui, ça peut.

Le lieutenant gratta sa tête de hérisson hyperactif et décampa enfin.

Yamada pensa au domicile de Sanae, où il venait de mettre les pieds pour la première fois malgré leur longue connivence. C'était une petite maison confortable, empreinte de calme, à la décoration sobre. Aux antipodes de l'ambiance du Club Gaïa.

213

Quelle expression avait utilisée Marie la première fois qu'ils l'avaient interrogée ? Ah oui, elle avait dit que Kate Sanders avait un « jardin secret ». Elle n'était donc pas la seule. Sanae aussi. Il fallait juste espérer que ce soit un beau jardin tranquille et soigné. Un jardin japonais. Pas une jungle furieuse pleine d'animaux imprévisibles et autres *kirin* agressifs.

Il frissonna, le vent lui piquait le cou et les mains. Il était temps de retourner interroger Norio et Sanae. Toujours les mêmes questions, et si peu de réponses.

*

Ils la libérèrent, et Yamada la raccompagna jusqu'à la sortie.

— Désolé, Sanae, je ne pouvais pas faire autrement.

— Je ne t'en veux pas, Kentaro. Tu as toujours été un bon policier. Mais je n'apprécie pas trop ton adjoint. Il est arrogant.

— C'est vrai.

Il héla un taxi pour elle. Elle se retourna pour lui faire signe alors que la voiture s'engouffrait dans le trafic. Son sourire était déchirant.

Il pensa la rejoindre chez elle et lui demander de libérer enfin ce qui la hantait depuis des années. Puis il haussa les épaules ; tout viendrait en son temps. Il rejoignit le commissariat à pas lents.

# 30

## Marie

La suivant à distance, elle la voyait marcher de guingois. Akiko, petite et guère costaude, en talons trop hauts pour ses jambes frêles, avait dû forcer sur la picole avec ses clients. Elle venait de quitter le *soapland* où elle travaillait. Et se rendait au Café Château ? Oui, bien sûr. Akiko était une créature d'habitudes apparemment. Et une sacrée monomaniaque. Comment osait-elle mitrailler Yudai de textos ? Elle le considérait comme son petit chien. Les types à qui elle se vendait devaient la traiter comme une moins que rien, alors elle se vengeait.

*Qui cherche la vengeance appelle la vengeance, pouffiasse, tu vas l'apprendre à tes dépens.*

La question était de savoir où l'aborder et comment se débarrasser du corps ensuite. Pour l'instant, il y avait encore trop de monde dans les rues. Le mieux était sans doute d'attendre qu'Akiko finisse sa nuit. Elle vivait seule, d'après Yudai. Il ne serait guère compliqué de pénétrer chez elle.

215

Il y avait plusieurs moyens. Si son appartement disposait d'une baignoire, Marie pourrait l'assommer, la mettre dans le bain, y jeter un sèche-cheveux. Rien de sale, rien de sanglant. Car il ne fallait pas que sa mort puisse être liée, d'une manière ou d'une autre, à celle de Kate et de la femme de Norio. Deux morts violentes. Deux morts graphiques. Évidemment, le mieux était peut-être de mettre en scène un faux suicide. Alcool et somnifères, le truc habituel.

Akiko arrivait enfin aux abords du Café Château. Elle allait demander Yudai. Il serait tenu de boire avec cette abrutie et de bavasser. L'avantage, c'est qu'elle serait encore plus alcoolisée et plus facilement attaquable.

La pouffiasse entra dans l'immeuble. Marie s'assit dans l'ombre, contre la porte d'un restaurant fermé, et attendit.

*

Elle fut réveillée en sursaut par son téléphone. Un numéro inconnu. À pareille heure, une erreur ou une urgence. Elle décrocha, écouta.

– Allô, Marie ? C'est toi ?

Une voix masculine, française, à l'accent méditerranéen. *Comme le mien.* Une voix bien connue.

– Allô, réponds, je t'en prie !

Christophe. Comment le frère de Béa l'avait-il retrouvée ?

– Je sais que c'est toi, Marie. Ta patronne m'a donné ton numéro.

Elle était coincée. Si elle refusait de lui parler, il se démènerait pour la retrouver. Il était remonté jusqu'à

216

Sanae, il ne lâcherait pas le morceau. Elle adopta une voix joviale.

– C'est pas vrai ! Je suis si contente. Où es-tu ?

– À Tokyo, pardi. Je pensais tomber sur un répondeur, voilà pourquoi j'appelle à une heure pareille.

Elle l'assura qu'il ne la dérangeait pas. Toujours sans-gêne, il lui demanda si elle pouvait l'héberger. L'hôtel était trop cher ici, il ne tiendrait pas longtemps.

Christophe. Gagne-petit sans envergure. Sa seule qualité était son obstination. Celle de la mule. Rien de glorieux. Et surtout rien à voir avec la classe et la sensibilité de Béa.

Elle réfléchit. Il y avait des chances pour que Sanae, femme discrète par essence, ne lui ait pas donné l'adresse de Nakano. Dans ce cas, il fallait un autre lieu, plus neutre…

*Illumination. Norio était toujours en garde à vue.*

Elle donna rendez-vous à Christophe au port de plaisance, expliqua qu'étant skipper, elle vivait pour le moment sur un voilier. Elle n'oubliait pas sa mission. Pour Akiko, c'était cette nuit.

– Demain matin, ça te va ?

– Non, je veux te voir cette nuit. C'est important.

– Ça ne peut pas attendre un peu ?

– Écoute, je t'adore, ma belle. Mais tu n'es pas la personne que je peux croire à cent pour cent. Après tout, tu as disparu d'un coup. Ça marchait pourtant bien entre nous…

Ce débile n'avait décidemment rien compris. En revanche, la menace était claire sous ses douces paroles. S'il n'obtenait pas une explication entre quatre yeux, il irait aux flics, à l'ambassade, n'importe où. C'était le type le plus collant qu'elle connaisse. Une plaie.

Elle lui donna rendez-vous dans l'heure.

*

Ils étaient installés sur des transats, protégés du vent par des doudounes récupérées sur le bateau. Le cliquetis des mâts les berçait.

C'était un son apaisant que Béa adorait et lui avait fait aimer quand elles naviguaient ensemble.

— Un beau voilier, dit Christophe. Tu as de la chance.

— Oui, je suis assez contente.

— Tu es vraiment le skipper ?

— Affirmatif.

— Je croyais que tu étais hôtesse de bar.

Elle n'aimait pas ce ton. À la fois sentimental et soupçonneux. Et synonyme d'ennuis.

— Ça n'a pas duré. Trop ennuyeux. Je préfère nettement faire la conversation aux vagues. Et de toute façon, la police a fermé le Club Gaïa.

— Tu n'as pas changé. Toujours aussi jolie et farouche…

— Merci. Toi aussi, tu es resté séduisant.

— Séduisant, ah oui ? Alors pourquoi tu t'es tirée ?

— Béa ne donnait plus signe de vie. J'ai senti qu'il lui était arrivé malheur. Je lui devais de vivre quand même notre rêve. Alors je suis venue ici.

— Pourquoi tu ne m'as rien dit ?

— J'étais écrasée par le chagrin. J'avais perdu ma meilleure amie. Je n'avais plus envie de parler à personne. Et encore moins à toi. Il suffisait que je te regarde pour la voir. Ça me déchirait.

Elle n'arrivait pas à décrypter son visage mal éclairé

218

par les lampadaires du port. Il avait la tignasse aussi touffue qu'avant. De grosses boucles claires, comme Béa. Il lui avait toujours fait penser à cette chansonnette apprise à l'école. *Agneau, mon agneau, allons boire de l'eau.*

– J'ai cherché ma sœur partout, tu sais ?

Non, elle ne savait pas, et n'avait pas envie de savoir. Car la solution, ce demeuré ne la trouverait jamais.

– J'ai pensé que Béa avait été enlevée par un dingue. Les flics m'ont vu tous les jours pendant des mois. Mais je n'ai jamais renoncé. Quelquefois, je me dis qu'elle a voulu repartir de zéro. Au bout du monde. Peut-être que tu me mens. (Il s'était redressé sur un coude et la défiait.) Vous êtes parties ensemble, et tu ne veux pas me le dire. C'est ça ? Dis-moi où est ma frangine. Ça fait plus de quatre ans que j'attends…

– Désolée de doucher tes espoirs, Christophe. Je suis partie seule. Parce que j'ai tiré un trait.

– Sur Béa ?

– Oui, je ne voulais pas me consumer.

Il croisa ses bras derrière sa tête et regarda les étoiles. Quelques minutes de répit.

– Ma sœur ne ressemble à personne. C'est la personne la plus courageuse que je connaisse.

– C'est vrai.

– Tu penses vraiment qu'il lui est arrivé malheur ?

– Je te le répète, j'ai renoncé. J'ai choisi de continuer à vivre. Et, sincèrement, tu devrais faire pareil.

Il se frotta le visage des deux mains et alla s'adosser au bastingage.

– Tu m'as vraiment manqué, articula-t-il. On avait été heureux.

– Je te demande pardon pour ce que je t'ai fait.

219

– Pour de bon ?

Oui, pour de bon

– J'ai questionné tout le monde. Personne ne te connaissait vraiment. J'ai réussi à mettre la main sur un pote de ta mère. Un ancien défoncé. Il m'a raconté ce qu'avait été votre vie. Pourquoi tu ne m'as jamais rien dit ?

Elle regarda les deux bouteilles Thermos qu'elle avait remplies de café dans la cambuse. Du café normal dans la rouge, du café moins normal dans la bleue. Savoir lequel elle lui proposerait dépendrait de la suite de la conversation.

– Il n'y avait rien à dire.

– Je n'imaginais pas ce que tu avais enduré, Marie.

– De quoi tu parles ?

– Ta mère, pour commencer. Elle était salement accro.

– On peut dire ça. Mais autant ne pas remuer le passé.

*Oui, elle se vendait au premier con venu pour sa dose. C'est franchement inutile d'en parler.*

– Tu aurais pu te confier à nous. On t'aurait aidée. J'ai retrouvé une de tes familles d'accueil. Un tuteur m'a dit…

– Il t'a dit quoi ?

– Que tu avais un sérieux problème d'identité.

– Ça veut dire ?

– Je ne sais pas… C'est ce qu'il a dit. Un *sérieux* problème d'identité.

– Oui, oui, je t'ai entendu la première fois.

– Je ne dis pas ça pour être désagréable. Mais je ne comprends pas comment tu as pu garder cette douleur pour toi. J'ai appris pour…

– Tu as appris quoi ?

220

– Pour la fois où les dealers de ta mère t'ont enlevée. Une histoire de dope et de fric volés. Tu avais une dizaine d'années.

– Je ne m'en souviens pas.

– Si tu ne veux pas en parler, je comprends.

Elle le rejoignit près du bastingage, se pencha. Son visage trembla à la surface de l'eau. Et rajeunit de treize ans. Elle se projeta dans le passé. Dans cet endroit qui sentait la graisse de vidange, parce que c'était un garage qui appartenait à l'un de ces enculés. Ils s'étaient agités sur sa mère. Et ensuite sur elle. Les uns après les autres. Sous les yeux de Maman pour qu'elle les supplie. Ah, pour ça, elle les avait suppliés. Mais ça n'avait rien changé. Et ça avait duré plusieurs jours, les coups, les viols à répétition, sans nourriture, juste un peu de soda. Et sa mère qui hurlait parce qu'elle était en manque.

Ça avait duré jusqu'à ce moment précis. Celui où elle avait découvert une puissance cachée en elle. La nuit était brûlante, les criquets et les moustiques déchaînés. Pendant que le gros porc qui les gardait se faisait sucer par Maman en échange d'un shoot, elle s'était traînée jusqu'à la prise électrique, l'avait arrachée pour en dégager les fils, provoquant un court-circuit. Le garage avait été plongé dans le noir. Elle savait où se trouvait l'établi. Elle avait planté un tournevis, plusieurs fois, dans le bide du gros porc. Sa mère et elle avaient pu fuir.

Cette nuit-là lui avait arraché un poids. Un poids inutile.

Elle avait compris qu'elle pouvait se dissoudre. Et se recomposer. À volonté. En utilisant les autres, leur corps, leur mental, leur vie.

221

Le gros, en le tuant, elle avait *senti* qu'elle lui aspirait son énergie.

*Il comprenait ? Christophe comprenait ?* Comme si c'était possible de comprendre quand on n'avait pas vécu ça. Quand on n'était pas passé de l'autre côté.

*Crétin.*

*Agneau.*

– Comment tu m'as retrouvée ?

– Je t'ai vue à la télé. La mort de cette hôtesse anglaise a été très médiatisée. C'était un événement parce que le Japon est censé être un pays très sûr. Je croyais que les femmes pouvaient s'y balader à 2 heures du matin sans qu'il ne leur arrive jamais rien...

– C'est vrai. La plupart du temps.

– Tu connaissais cette fille ? Kate Sanders ?

– Comme ça. On travaillait dans le même club.

– Ta patronne dit que...

– Sanae ?

– Je n'ai pas retenu son nom. Une femme âgée, très causante, accueillante. Elle comprend mieux l'anglais qu'elle le parle.

– Comment as-tu réussi à la contacter ?

– Une recherche sur le Net. Kabukicho, Club Gaïa, c'était dans les médias. J'y suis allé direct en arrivant. J'ai d'abord cru que c'était fermé, mais cette femme m'a ouvert. Elle m'a écouté lui parler de Béa. De toi, de votre amitié. Et puis elle m'a dit que Kate et toi étiez très proches. Vous étiez amies, viviez dans le même studio.

– Oui, jusqu'à ce que j'en aie eu marre et que je vienne m'installer sur le bateau.

Il ne la croyait qu'à moitié, c'était l'évidence.

*Agneau, mon agneau, allons boire de l'eau...*

Thermos bleue, Thermos rouge. Elle lui proposa du café. Il accepta.

*

Ses paupières tombaient, il ne retenait plus ses bâillements. Elle avait utilisé le même somnifère que pour Jason. Christophe était plus petit, moins musclé. Il s'endormirait plus vite. Elle n'avait pourtant pas envie d'éliminer ce pauvre idiot. Il ne lui avait jamais fait de mal, jamais manqué de respect. Elle pensait même que son affection pour elle était sincère. Mais ses caresses ne lui avaient fait aucun effet. Ah oui, la vie était mal faite.

— Je suis complètement crevé...
— Le décalage horaire.
— Je peux dormir ici ?
— Bien sûr. *On* va dormir ici.
— Sur le pont ?
— Pourquoi pas ? On sera réveillés par les oiseaux.

Elle décida de lui faire plaisir. Il s'endormirait pour toujours, mais heureux. Elle alla chercher des couvertures, le borda jusqu'au cou, lui prit la main.

— Je viens de réaliser que j'ai le mal du pays, Christophe. C'est bien que tu sois venu me chercher, en fait.
— Tu le penses ?
— Oui. On va repartir en France.
— Ensemble ?
— C'est ça. C'est décidé.
— Marie... Je suis content de t'avoir retrouvée...

Elle attendit qu'il soit profondément endormi.

Timing idéal, le jour se levait. Elle mit le moteur pour quitter le port et prit la direction du large. Le

223

grand voilier obéit gentiment. L'île d'Oshima et le volcan des amours perdues, il connaissait la route par cœur. Une fois en eaux profondes, elle jeta l'ancre. Elle lesta Christophe avec une corde et les haltères russes en forme de cloches à vache que Norio avait utilisés avant de juger la gym trop fatigante. Elle utilisa la passerelle amovible en alu comme levier et balança le corps par-dessus bord.

Il coula vite. Aussi vite que le corps de Béa quelques années auparavant. Autres latitudes, même situation. C'était étrange de penser qu'un frère et une sœur qui se ressemblaient tant avaient péri de la même façon. Et de la même main. Elle leva les siennes vers le ciel devenu complètement orange et forma un cadre avec ses doigts. Elle y emprisonna le volcan.

Christophe, Béa, apaisés, enveloppés dans leurs illusions, roulant dans le manteau de la mer. Une mort digne et sans souffrance.

Plus de trace physique de Christophe, mais il avait laissé une empreinte. Dans la mémoire de Sanae. Il fallait la gommer. Sinon Yamada et Watanabe remonteraient la piste.

\*

Retour à Kabukicho. Personne au Club Gaïa. Elle se rendit au domicile de Sanae.

Elle sonna sans succès. Son ex-patronne était un oiseau de nuit. Elle devait dormir à poings fermés. Tant mieux.

Elle contourna la maison, repéra la BMW garée sous l'auvent métallique, fractura la serrure de la porte de la cuisine sans difficulté. L'habitation était paisible, confortable, meublée simplement, mais il n'y avait pas une seule photo. Sanae sans passé, sans souvenirs.

Elle trouva un livre dans le salon. Un roman américain, d'une certaine Patricia Highsmith, traduit en japonais. L'histoire d'un type qui s'appelait Tom Ripley. Inconnu au bataillon.

Le bouquin contenait une carte postale d'une vue de Kyoto avec un mot manuscrit. « Je suis sûre que tu aimeras cette histoire, Sanae. Bien à toi, Kate. » Ah si, un souvenir tout de même. De Kate, l'inoubliable.

Kate et Sanae, une belle complicité, et même une franche amitié. Cette affection que la *mama-san* n'accordait qu'à peu de gens. Cette affection dont Kate s'était sentie flattée.

Elle monta à l'étage par l'escalier étroit. La maison était étroite. Comme une maison anglaise. Ou comme celle d'une vieille poupée mélancolique. Ce serait un cadeau pour Sanae d'être enfin débarrassée de cette solitude et de cette tristesse. Un soulagement.

L'épaisse moquette absorbait ses pas, elle pénétra sans bruit dans la chambre. La lumière du jour filtrait à travers les doubles rideaux.

Elle dormait sur le dos, les yeux recouverts d'un de ces masques que les voyageurs utilisent dans les avions. *Sanae, prête au décollage.* Cheveux dénoués, elle avait presque l'air d'une jeune fille. Des bouchons orange vif dépassaient de ses oreilles. Sanae, l'organisée.

Marie pensa que c'était la dernière image de sa *mama-san* qu'elle emporterait.

*Sanae from Kabukicho with love.*
*Une femme qu'une partie de moi a beaucoup aimée.*

225

Elle utilisa le grand oreiller blanc. Ce ne fut pas bien difficile. Bonne nuit et *sayonara*.

Elle décida de repartir en BMW, c'était plus confortable. Elle monta à bord et enfila sa « cagoule chaussette », qui était ridicule mais rendait bien des services.

En chemin, elle se repassa le vieux film dans sa tête. L'overdose de Maman. Petite Marie l'avait aidée à en finir. Maman en plein trip. Et petite Marie qui prend un oreiller et en couvre son visage. Et Maman s'en va. Dans un endroit bien mieux pour elle. Sans cris ni sans personne pour lui faire du mal. Quand petite Marie enlève l'oreiller, le visage de Maman est bleu.

Mais Maman va mieux aujourd'hui et pour l'éternité.

Oui, *mama-san* et Maman vont nettement mieux.

# 31

## Yamada

Le cercueil était en soute, les formalités réglées. Le consul anglais venait de repartir. Yamada se retrouva en zone d'embarquement avec Jason Sanders et l'interprète. C'était son devoir d'être présent, mais ça n'en était pas moins une corvée. Sanders était tendu comme un nerf de bœuf. Des vibrations colériques s'échappaient de lui et viciaient l'air ambiant.

— Je vous promets que nous ferons le nécessaire pour retrouver le meurtrier de votre fille.

Le grand Anglais le dévisagea. Le capitaine s'était habitué à ses manières brusques, et, dans le fond, il le comprenait. S'il s'était trouvé en terre étrangère dans de pareilles circonstances, il aurait réagi avec la même défiance. Quoique plus poliment.

— Vous m'avez bien baladé, Yamada.

L'interprète avait blêmi. Yamada lui demanda de traduire. Elle s'exécuta.

— Désolé, mais je ne vous suis pas très bien, monsieur Sanders…

Le *gaijin* vida son sac. Il avait rencontré un journaliste. Qui lui avait révélé les similitudes entre la mort de sa fille et l'affaire Otokawa.

— Je suis ulcéré à l'idée que vous m'ayez caché ça. Et je crois que vous ne servez à rien.

Le sang du capitaine ne fit qu'un tour. L'Anglais piétinait son honneur. Il haussa le ton.

— Monsieur Sanders, je ne vous ai rien caché. J'ai simplement suivi les ordres. Et le bon sens. On ne déballe pas les éléments d'une enquête aussi cruciale sans précautions. Le tueur n'a pas été arrêté…

— Je ne le vous fais pas dire !

— Et il peut encore sévir. Nous avons un devoir de prudence. Maintenant, sachez que je comprends votre douleur.

L'interprète vivait le moment le plus pénible de son existence, mais elle fit son travail vaillamment et il admira son self-control.

— Et vous croyez que c'est avec de la prudence que vous allez lui mettre la main dessus !

— Je n'ai aucune certitude. Si je crois en quelque chose, c'est au labeur obstiné et régulier. Comme mes collègues, je fais simplement mon devoir le mieux que je peux. Ainsi qu'on m'a appris à le faire, dans le respect des règles et en me basant sur une trentaine d'années d'expérience. Si vous souhaitez obtenir des détails sur l'affaire Otokawa, rien ne vous empêche de prendre contact avec la 1re Division d'investigation criminelle, au département de la Police métropolitaine. Demandez le commissaire Ando. C'est sans doute l'un des meilleurs policiers du Japon. Il a d'ailleurs mis son équipe au grand complet sur l'affaire. Elle supervise celle de notre commissariat de Shinjuku. Tous ces officiers sont sérieux et dévoués. Sauf erreur de ma part, nous sommes plus d'une cinquantaine à être mobilisés et à œuvrer pour que votre famille puisse connaître la vérité et faire son deuil.

Mais à l'impossible nul n'est tenu. Et je suis prêt à croire que dans votre pays, à plus de dix mille kilomètres d'ici, les méthodes sont similaires et l'implication des policiers aussi forte.

Le capitaine s'arrêta là et reprit son souffle. *Les mots que l'on n'a pas dits sont les fleurs du silence.* Il adorait le proverbe, mais tout de même, dans certaines circonstances critiques, la parole s'imposait. Il ne se souvenait pas d'avoir servi une si longue harangue à quiconque. Ou alors c'était avant son coma.

Sanders avait lentement changé d'expression au rythme de la traduction de l'interprète. La colère avait cédé la place à l'étonnement. Manifestement, il savait reconnaître des propos sincères.

Il finit par se calmer. Yamada lui en fut très reconnaissant. Ces sautes d'humeur provoquaient un effet étrange sur son système gastrique. Un effet fort désagréable et inutile.

– OK, je suis désolé, capitaine. Je dors mal. Je… ne sais plus où j'en suis. Pardon.

– Je comprends.

– Oui, j'ai compris que vous compreniez. Je parie que vous avez des enfants.

– J'ai une fille. De l'âge de la vôtre.

– Ah.

– Oui.

Sanders les entraîna vers un magasin de souvenirs où il acheta des bouteilles d'eau minérale qu'il leur tendit avant d'engloutir d'un trait la moitié de la sienne. Le capitaine n'avait pas soif, mais il imita son geste, suivi par l'interprète. Règle d'or, pour maintenir la paix et le consensus, toujours rester au diapason de son interlocuteur.

L'Anglais leur déclara soudain que sa fille avait

elle aussi rencontré le journaliste en question. Jenkins, correspondant du *Times*. Pour se renseigner sur cette affaire Otokawa. Ce reporter lui avait communiqué tous les éléments en sa possession, la petite phrase, la vidéo.

— C'est incompréhensible.

— Nous essaierons de comprendre. Faites-nous confiance.

— Encore désolé pour mon attitude. D'accord? Sans rancune?

— Sans rancune. Je vous promets de vous tenir au courant.

— Quand vous jugerez le moment venu?

Il tendait sa large main, en souriant cette fois. Les Britanniques avaient un humour très bizarre. Le capitaine répondit à son sourire et accepta sa poignée de main. Il le salua ensuite bien bas.

Ils l'accompagnèrent jusqu'au portique d'embarquement. Yamada pensa que c'était un sas qu'il n'avait pas franchi, n'ayant pas eu l'occasion de quitter le Japon. Il ne le franchirait sans doute jamais. Et n'apprendrait pas comment travaillaient réellement ses confrères du Royaume-Uni. Dommage.

Ils saluèrent Sanders-*san* à plusieurs reprises, jusqu'à ce que le portique l'avale.

Le capitaine évalua l'expression de la jeune interprète. Elle était fort soulagée et c'était légitime. Interagir avec un homme blessé, impulsif et au fort caractère comme Sanders était plus que déstabilisant. C'était épuisant.

Watanabe les attendait dans le van garé au parking, il avait sa tête de *kirin*. Il démarra sans faire de commentaire. Ces derniers jours, sa mauvaise humeur était constante, et le capitaine pensa une fois de plus que son jeune subordonné finirait par se faire un ulcère. Être policier impliquait de cultiver un grand calme intérieur. Le lieutenant devrait le comprendre tôt ou tard.

Yamada réécouta le message de Sanae. Il lui était parvenu alors qu'il dormait. Voulant la rappeler, il était bien évidemment tombé sur son répondeur. La *mama-san* et lui n'avaient jamais eu les mêmes horaires. Au ton de sa voix, elle était préoccupée.

« Kentaro, j'ai reçu la visite d'un Français, un ami de Marie. Il parlait mal anglais, moi aussi, je n'ai pas compris tout ce qu'il m'a dit. Mais ça semblait important. Je te donne son numéro de téléphone. Ça pourra t'être utile… »

Ce garçon était injoignable, on irait voir Sanae dès que possible. Pour le moment, l'urgence était d'interroger le journaliste du *Times*.

*

Jenkins était un homme posé qui parlait un japonais fluide. Yamada lui répéta ce qu'il lui avait dit au téléphone. La déclaration de Jason Sanders était perturbante.

– Vous auriez voulu que je vienne vous voir avant de lui parler ? demanda Jenkins d'un air dégagé. Bah, vous savez comment sont les journalistes.

– Ce que vous pourrez me dire sera très important.

– Oui, parce que vous n'avez pas le coupable, j'ai bien compris. Et un autre Otokawa serait un désastre pour la police japonaise.

– Ce serait un désastre pour n'importe quelle police, Jenkins-*san*.

231

— Je l'admets, répliqua le reporter avec un sourire conciliant.

Il lui raconta ce qui s'était passé cette nuit dans le pub favori des reporters occidentaux de Tokyo. Son témoignage corrobora celui de Sanders, point par point.

— Vous n'avez pas idée de ce que Kate Sanders cherchait ?

— Son père m'a posé la même question. Elle était peut-être fascinée par les meurtriers.

— Ses proches la dépeignent comme une jeune femme saine d'esprit.

— Oui, c'est l'effet qu'elle m'a fait. Kate Sanders m'a semblé intelligente et drôle.

— Et que peut faire une jeune femme intelligente et drôle de ce type d'informations ?

— J'aimerais vous aider, Yamada-*san*. Sincèrement. Mais je vous ai tout dit concernant les *faits*. Évidemment, j'ai eu une sensation en lui parlant...

— Dites-moi.

— J'ignore ce que ça vaut. Mais j'ai pensé qu'elle voulait écrire une histoire à partir de ces horribles affaires. Elle ne s'intéressait pas tant aux actes qu'à la psychologie des personnes impliquées, voyez-vous.

— Elle voulait savoir qui était Otokawa ?

— Elle voulait comprendre ses motivations profondes. Et puis, un aspect l'intéressait beaucoup dans la conception japonaise de la justice.

— Lequel ?

— Les juges exigent toujours de vous, les policiers, que vous leur donniez les raisons pour lesquelles les criminels ont agi. Les confessions complètes. C'est une différence culturelle importante entre le Japon et le monde anglo-saxon. Dans les religions judéo-chrétiennes, le Mal reste assez central. On pense, notamment aux États-Unis, qu'un individu peut être foncièrement mauvais. Ça se reproduit dans la fiction. Nombre de scénarios et romans ont été écrits sur la base de personnages irrécupérables, maudits. Au Japon, c'est différent. On s'attend à ce que les coupables s'inscrivent dans un contexte. Ils sont le produit de leur éducation, de leur milieu. Les familles sont considérées comme responsables des actes de leurs proches. Cette notion, Kate ne l'avait pas saisie avant que je lui en parle. Elle a été totalement captivée par le concept.

– Et c'est le genre d'idée qui pourrait séduire quelqu'un qui écrit ? C'est à ça que vous pensez, Jenkins-*san* ?

– Maintenant que vous le dites, Yamada-*san*, oui, je le crois.

# 32

## Marie

L'entremetteuse de l'édition habitait et travaillait à Hibiya. Dans un rêve de *gaijin*. Une petite maison traditionnelle en bois, coincée entre un haut building et une pompe à essence. Les catastrophes naturelles et les promoteurs avaient eu raison de presque toutes ces reliques d'un Japon légendaire. Et les Japonais eux-mêmes n'étaient guère friands de ces *minka* mal isolées, peu confortables et au coût d'entretien terrifiant.

Marie fut reçue dans une pièce tatami bourrée de vieux bidules. Meubles à thé, figurines anciennes en plâtre coloré, peintures murales sur soie, bouquets d'*Ikebana*, collection de boîtes de porcelaine… Mathilde avait dû arpenter les marchés aux puces tokyoïtes comme une malade.

C'était une esthète et une nana qui avait du temps à perdre. Tant mieux pour elle. Mais Marie commençait à en avoir marre des intellos.

— Votre roman est vraiment excellent, Marie. Je ne suis pas étonnée que nous ayons reçu si vite de bonnes propositions.

Elle les lui détailla, donna son avis, expliqua qu'une

tournée des librairies et des salons littéraires en France serait probablement envisagée. Marie se garda bien de lui annoncer qu'elle n'avait aucune intention de remettre les pieds dans son pays. Elle comptait s'installer à Sydney. C'était décidé.

– On pourrait même être carrément ambitieuses, et chercher également des éditeurs anglo-saxons.

– Je suis en contact avec une bonne traductrice, dit Marie en conservant une expression impassible.

– Je la connais sans doute ?

– Non, elle démarre dans le métier.

– Bon, nous avons le temps. Nous verrons cela.

*

Yudai lui avait donné une nouvelle fois rendez-vous au sanctuaire Hanazono. Elle aimait l'idée qu'ils aient déjà leurs habitudes.

Arrivée en avance, elle patientait sur leur banc et se remémorait cette *matsuri* à laquelle elle avait assisté ici, peu de temps après sa rencontre avec Kate. L'amie anglaise avait insisté pour qu'elles s'y rendent. Les yakuzas tenaient des stands de beignets au poulpe et de gaufres en forme de poisson, fourrées à la pâte de haricots rouges. Des hommes en veste bariolée, mais les fesses quasiment à l'air dans leur *fundoshi* blanc, portaient des autels shintos lourdement ouvragés et chantaient à l'unisson en l'honneur des dieux qui les aideraient à faire des affaires. Le défilé mettait en joie une foule compacte. Kate était à l'aise dans cette atmosphère de liesse.

Le même soir, très détendue, elle s'était confiée, avait révélé sa grande ambition. Écrire un roman. Sur Kabukicho. Une idée qui lui était venue en lisant le manga *Issei de Roppongi*, un succès au Japon puis à l'international. Elle avait appris que derrière ce personnage aussi inquiétant que flamboyant se trouvait un homme. Jeune, séduisant, intelligent, paradoxal. Yudai. Kate était venue au Japon pour le rencontrer. Parce qu'elle avait senti d'instinct qu'il serait sa source d'inspiration.

La *source d'inspiration* remontait l'allée bordée de lanternes. Élégant, mince, gracieux malgré son tabassage par les yaks, souriant.

Kate ne lui avait jamais avoué qu'elle s'était servie de lui. Impossible de trouver le bon moment.

Il lui fit un signe de la main, auquel elle répondit. *Mon ami Yudai.*

Elle lui annonça la bonne nouvelle.

– Je peux bien te le dire maintenant que c'est officiel. Mon roman va être publié. Grâce à Mathilde, une compatriote et une femme efficace qui dirige le Bureau du Livre. Elle m'a trouvé un éditeur.

Le visage de Yudai s'illumina. Il la félicita, lui avoua qu'il était flatté de connaître une romancière, voulut les détails de l'intrigue. Marie sentit une onde de chaleur l'irradier. Pour la première fois, elle avait accompli quelque chose de beau, qui avait du sens, et la connectait aux autres. C'était en partant du petit monde de Kabukicho qu'elle atteindrait le cœur de ses contemporains, et le sentiment était grisant.

Elle plongea sa main dans sa poche. Elle y avait glissé la photo polaroïd de sa maman. Elle la caressa du bout des doigts. Une façon de dire à sa mère qu'elle pouvait être fière d'elle.

– Qui sait, je vais peut-être gagner de l'argent avec ce livre, Yudai. Beaucoup d'argent. Si ça arrive, tu en profiteras.

— Comment ça?

— Je partagerai avec toi. Mais non, ne me regarde pas comme ça. Je ne suis pas Akiko. Ce sera au nom de notre amitié. Je veux que tu sois heureux, mon ami. Dans le *mizu-shobai*. Ou hors du *mizu-shobai*. Comme tu voudras. Choisir est un luxe. Je te donnerai les moyens de ce choix…

Marie avait bien réfléchi. L'amie anglaise avait de la classe. Mais peut-être pas au point d'aider financièrement Yudai. *Eh bien, je vais faire mieux que toi, Kate.*

Il semblait heureux. Mais c'était difficile de savoir vraiment. Yudai l'élégant était surtout Yudai le mystérieux.

Et Yudai le menteur de génie.

# 33

## Yamada

Yamada s'escrima sur la sonnette, puis téléphona. La sonnerie résonna à travers la porte. Il était impossible que Sanae ne réponde pas à pareille heure.

Il appela le commissariat pour qu'on lui envoie un serrurier d'urgence. L'homme arriva dans la demi-heure.

Il la trouva allongée sur son lit, vêtue d'une chemise de nuit remontée jusqu'à mi-cuisses, tête sous l'oreiller. L'angoisse lui mordit le plexus. Il l'appela, elle resta inerte, il souleva l'oreiller.

Un masque en tissu pour avion, de travers. Qui barrait son visage dans une diagonale stupide. Ses yeux déjà vitreux.

*Sanae, ma douce Sanae. Non.*

\*

Le commissaire Mizuha était prévenu, le commissaire Ando également. Aucune trace, si ce n'était la serrure de la porte arrière fracturée et la disparition de la voiture. L'enquête de proximité avait commencé. Personne n'avait rien à signaler. Sanae avait mené une existence discrète et tranquille dans son quartier. Ses voisins ignoraient qu'elle travaillait à Kabukicho.

Yamada reçut un appel surprenant. Celui d'un barman bouleversé, qui annonça être le cousin de la *mama-san*. Il était en possession d'une lettre. Il devait la remettre en mains propres à Yamada le jour où sa cousine décéderait.

Le capitaine récupéra la lettre, glissée dans une enveloppe en papier traditionnel. Son nom était calligraphié avec élégance. Il décida de se rendre au square au podocarpus pour la lire.

*Mon cher Kentaro,*

*La mort nous sépare, mais l'affection qui nous lie restera intacte. Je t'ai toujours considéré comme mon meilleur ami même si je n'ai jamais osé te le dire. Il faut croire que je suis une femme pusillanime. Combien de fois ai-je failli te révéler ce qui m'obscurcissait le cœur ? Mille fois, mais tu es un juste, et moi une coupable. Je savais que ton honnêteté et ton professionnalisme gagneraient la partie. Or, je n'avais pas envie de passer mes dernières années en prison. Je suis sûre que tu me comprends.*

*C'est un crime que je veux confesser aujourd'hui. Enfin. Et je sais que ces aveux vont te libérer autant que moi.*

*Il y a longtemps, je suis tombée amoureuse d'un homme. C'était réciproque et nous nous sommes beaucoup aimés. Mais le destin a pris les traits d'une jolie femme. Mon amant m'a délaissée car il était devenu fou d'elle. Cette femme était la mère de Yudai. Elle avait, un temps, travaillé pour moi et c'est ainsi qu'ils s'étaient rencontrés. Je te l'avoue enfin : j'ai tué mon*

239

amant. *Je l'ai drogué et il a fait un arrêt cardiaque. Son corps dans le coffre de ma voiture, j'ai quitté Tokyo. J'ai trouvé un emplacement désert dans la campagne, brûlé sa dépouille, enterré ses ossements.*

*La mère de Yudai n'a jamais accepté cette perte soudaine et inexpliquée. Elle a fini par se suicider. Plus tard, Yudai est venu me trouver. Il était rongé par sa mort, voulait des réponses. Des réponses que je n'ai jamais pu lui donner malgré l'affection naturelle qu'il m'inspirait. Il a la même grâce que sa mère, et une certaine innocence que même la pire des vies ne peut pas complètement salir.*

*La culpabilité m'a toujours rongé le cœur. Je n'ai jamais voulu cette succession d'échecs, cette malédiction. Je n'avais rien contre la mère de Yudai ; mon amant avait fait le premier pas et l'avait séduite. Elle était comme moi, subjuguée par la passion.*

*Tu choisiras ou non de révéler la vérité à Yudai. Il pourrait en être détruit, je sais qu'il m'accordait sa confiance.*

*Kentaro, mon ami pour l'éternité, en ce moment précis, j'espère que tu as une bonne pensée pour moi.*

*Ta fidèle Sanae*

Il replia la lettre, la rangea lentement dans l'enveloppe et se frotta la base du nez pendant un certain temps.

Sa vie était comme un manège en phase d'accélération.

Il avait le tournis et quelques difficultés pour se ressaisir et penser clairement.

# 34

## Yudai

Coincée entre un building étroit et une station-service, la *minka* en bois délavé paraissait presque fragile. Yudai avait eu le sentiment de pénétrer dans un musée.

La pièce tatami que la Française avait transformée en bureau ressemblait à une gravure du temps passé. On entendait l'employé japonais téléphoner à travers les *shôji*[1].

Mathilde était une petite femme d'une quarantaine d'années, vêtue de manière recherchée et coiffée comme une actrice de film muet. Un court casque châtain clair réveillé par des lèvres facilement souriantes et laquées de rouge vif. Énergique, elle savait aussi écouter avec une grande attention. Il lui avait avoué gérer un club à Kabukicho, elle voulait qu'il lui détaille les raisons de sa venue. Au téléphone, il s'était contenté d'évoquer « un problème éventuel au sujet de Marie Castain ».

– Vous avez entendu parler de la mort de Kate Sanders ? demanda-t-il.

1. Cloisons de papier translucide.

241

– Bien sûr. Les journaux évoquent tous les jours cette affaire.

– Nous étions très proches. Kate était également l'amie de Marie Castain.

– Marie ne m'a rien dit, répliqua-t-elle, troublée. Elle a prétendu être skipper, voyager beaucoup…

– Marie est hôtesse. Comme l'était Kate. Dans le même bar.

– Il y a sans doute une explication.

– Oui, j'espère.

– Elle a peut-être pensé que j'avais des préjugés. Elle voulait que j'aime son manuscrit.

– Vous l'aidez à être publiée en France, c'est bien ça ?

– Oui, Marie est talentueuse, je n'ai eu aucun mal à lui trouver un éditeur. Son premier roman est prometteur.

– De quoi parle-t-il ?

– La narratrice est une Française en mal de repères, qui débarque à Tokyo et devient hôtesse de bar à Kabukicho. Marie s'est inspirée d'une affaire criminelle connue qui s'est déroulée à Osaka.

Yudai se souvint de ce qu'avait dit le flic surexcité pendant l'interrogatoire. Il l'avait bassiné avec le « monstre d'Osaka », un type qui avait tué plusieurs femmes, quelque dix ans plus tôt, et avait été pendu en début d'année. « Les coups de folie, il ne connaissait pas, son état était constant. Dis-moi pourquoi il t'inspire… »

L'assassin de Kate avait copié ses méthodes. Mais qu'est-ce ça venait faire dans le manuscrit de Marie ?

– L'affaire Otokawa, c'est bien ça ?

– Oui. Je comprends mieux pourquoi Marie a travaillé sur cette histoire. En tant qu'hôtesse, elle a dû se sentir concernée. À moins que…

– À moins que ?

– Qu'elle ait décidé de devenir hôtesse pour se documenter. S'immerger dans un milieu pour un auteur, ce peut être un excellent choix… (Elle l'observa un instant.) Maintenant que je vous ai rencontré, Yudai, un détail me trouble…

– Dites-moi.

– Dans le roman de Marie, l'un des personnages principaux est un hôte. Un trentenaire qui dirige un bar à Kabukicho. Il est l'hôte numéro un.

– Comme moi.

– Vraiment ?

– Oui.

– Et la description physique correspond point par point…

– Vous pouvez m'en dire plus ? Sur sa vie, ses espoirs et déboires.

– C'est un beau personnage. Il souffre de devoir mentir pour gagner sa vie. Il a des aspirations.

– Lesquelles ?

– Il a un enfant et est divorcé. Dans une scène très réussie, il permet à son propre père, perdu de vue pendant des années, de rencontrer enfin son petit-fils.

Yudai avala sa salive. La vérité faisait mal même s'il en saisissait à peine les contours. Un fait était certain, si Marie s'était servie de lui pour bâtir son personnage, elle n'avait eu aucun moyen de connaître la relation entre Ryu et son grand-père.

Une seule personne était au courant puisqu'elle était à l'origine de ces retrouvailles familiales. Et cette personne était Kate.

Dans le taxi, il retourna le problème en tous sens, parvint à la seule conclusion logique. Marie n'avait pas pu écrire ce foutu roman. Elle n'avait pas pu lui voler des parcelles de sa vie, ses émotions, ce qu'il était vraiment. Si quelqu'un l'avait fait, c'était Kate.

Elle s'était bien moquée de lui.

*« Tu es mon ami, Yudai. À moi, tu peux dire la vérité. Rien ne me choquera jamais. »*

Kate n'était pas différente d'Eri. Elle avait exploité ses dernières ressources. Ce qui lui restait d'authentique.

Ce roman, il était de sa main.

Tout ça pour impressionner son père. L'homme de sa vie.

Une manigance qu'elle avait gardée secrète. Jusqu'au bout.

Et Marie dans ce sac de nœuds ? Une opportuniste sans doute. Une fille qui avait dû recueillir les confidences de Kate, voire lire son roman. Après sa mort, elle avait vu l'aubaine. Voler le manuscrit. Elle parlait parfaitement anglais, il n'était pas difficile de le traduire en français, de faire des modifications, de se l'approprier.

Malgré sa vieille expérience, Mathilde, du Bureau du Livre, s'était laissé avoir. Comme tout le monde.

Marie. Kate. Qui était la plus roublarde ? Même Akiko paraissait plus honnête comparée à ces deux menteuses.

*Ducon, tu t'es fait avoir.* Namba le yakuza avait raison.

Il s'était cru malin. Il ne valait rien.

# 35

## Marie


Allongée sur le pont du voilier de Norio, elle regardait les étoiles. Vivre sur un bateau était finalement la meilleure solution. Quand elle aurait assez d'argent, elle s'en achèterait un en Australie. L'écrivain qui vit sur un voilier. Le rêve de Béa et celui de Kate mêlés. C'était ça la solution.

La sonnerie de son mobile la tira de ses pensées. *Mathilde* s'afficha sur l'écran. Ça ne pouvait être qu'une bonne nouvelle, cette femme était une faiseuse de miracles.

Elle prit l'appel. Le ton pincé de sa compatriote l'alerta immédiatement. La patronne du Bureau du Livre se forçait pour ne pas laisser éclater son mécontentement. Elle lui parla sans détour de la visite de Yudai. Il y avait un problème avec le roman. Ne s'inspirait-il pas un peu trop de personnes existantes ? Il fallait être prudente.

Marie n'en croyait pas ses oreilles. Cette idiote lui parlait comme à une demeurée.

– Aucun éditeur ne prendra le risque de se voir traîner en justice, Marie. Vous comprenez ?

Il fallait la calmer.

– Ne vous laissez pas influencer par ce gigolo. Ce type est le roi du mensonge.

– C'est ma réputation qui est sur le gril. Je travaille à Tokyo depuis plus de vingt ans. L'enjeu est énorme.

– Mathilde, on ne peut pas discuter de ça au téléphone. Vous m'avez dit que vous adoriez mon roman.

– Et je n'ai pas changé d'avis, mais…

– Je passe vous voir.

– Il est tard.

– C'est vital pour moi, une question d'honneur. Mathilde, je vous en prie.

Elle finit par céder.

Marie enfila une tenue passe-partout confortable, glissa son couteau papillon dans son sac et prit le train pour Hibiya.

Dans le wagon, elle caressa les contours du couteau. Elle appréciait sa maniabilité, il s'ouvrait d'un mouvement du poignet. Kate lui avait appris que c'était l'arme favorite des yakuzas parce qu'au Japon le port d'arme à feu était puni d'emprisonnement.

En route, elle fit le bilan. Énorme déception. Yudai se prétendait son ami, mais il l'avait pourtant calomniée auprès de la seule femme qui pouvait la tirer de l'anonymat, l'aider à devenir enfin quelqu'un. S'il était un loser, il n'avait aucun droit de gâcher les chances des autres.

Elle pensa lui téléphoner pour exiger des explications puis renonça. C'était inutile, dangereux. Yudai était incapable de comprendre qui elle était.

*Et d'imaginer la force qui m'habite.*

# 36

## Yudai

Akiko fit son apparition au Café Château. Visage grave, tenue sans apprêt, elle fila directement vers le box où se trouvait Yudai. Son brushing avait été bousillé par la pluie.

– Tu as appris pour Sanae?

Elle lui expliqua. La *mama-san* avait été retrouvée morte dans son lit. La police n'avait rien annoncé d'officiel mais le bruit courait qu'elle avait été assassinée.

Il faillit hurler. Sanae. Elle avait toujours été bonne avec lui. Elle lui avait parlé longuement de sa mère. L'avait conseillé, rassuré…

– C'est lui, Yudai…

– De qui tu parles?

– De celui qui a tué ton amie Kate. Sanae et toi, vous étiez proches. Il a peut-être décidé de s'en prendre à ton entourage. Qu'est-ce qu'on va faire?

Il ne l'avait jamais vue comme ça. Terrorisée. Et pour la première fois ne jouant plus le jeu de la séduction. *Que faire?* Bonne question. Il fallait qu'il retrouve de l'énergie. Il fallait qu'il réfléchisse.

– Yudai, tu m'écoutes? Parle-moi!

Elle lui malaxait l'avant-bras, il se libéra, quitta le bar. Besoin d'air.

Il fila au hasard. Les néons giclaient de partout, leurs feux rebondissaient sur les trottoirs brillant de la dernière averse. La faune habituelle encombrait les rues. C'était parfait, il voulait se dissoudre. Marcher l'aiderait à faire le vide.

Il prit machinalement la direction du sanctuaire. Pila net. Qu'est-ce qu'il ferait à Hanazono ? Brûler encore de l'encens, faire un vœu, supplier l'intervention d'un dieu aimable ?

Il fit demi-tour, observa un instant les images gigotant sur l'immense écran dominant le parvis.

Une pub idiote. Des filles hilares pour vendre de la soupe aux nouilles. Les abords de la gare étaient noirs de monde. Une agitation permanente. Des milliers de visages et de sourires mais un monde vide. Il eut l'impression d'être l'unique être immobile sur cette place surpeuplée. Les gens filaient à leurs occupations. Les uns vers la dinguerie de Kabukicho, les autres vers leurs petites vies tranquilles.

Réfléchir. Reprendre son souffle. Se concentrer. Il y avait bien une réponse. Un schéma.

Kate, la femme de Norio et maintenant Sanae. Des meurtres violents. Acharnés. De plus en plus rapprochés. Des femmes comme victimes. Toujours des femmes. Qui jouait à quoi ? Et que foutait-il sur l'échiquier ?

*Akiko pense que le tueur vise mes proches. Ça ne tient pas, je ne connais pas la femme de Norio.*

Il se décida à téléphoner à Marie. Elle lui avait menti, mais, s'il la travaillait avec habileté, il glanerait quelques infos. Cette fille étrange en savait plus qu'elle ne le prétendait.

248

La sonnerie s'échina dans le vide. Répondeur. Sa voix détachée, impersonnelle. Il renonça à laisser un message.

Il pensa au capitaine Yamada. Ce vieux flic était la seule personne normale dans ce foutoir cosmique.

Arriva un texto. De Mathilde.

Il s'assit sur un banc pour le consulter.

« J'ai du nouveau. Retrouvons-nous chez moi. Au plus vite. Merci. »

C'était décisif, il en était certain. Ce roman volé par Marie à Kate et inspiré de l'affaire Otokawa était au centre. Il fallait savoir de quoi et pourquoi. Et il fallait le savoir vite. Sinon d'autres morts suivraient. Son intuition le lui répétait.

Et puis quelque chose clochait. Un détail, mais de grande importance. Impossible de mettre le doigt dessus…

Prévenir Yamada ? Lui apprendre ce que Mathilde lui avait révélé ? Les flics poseraient mille questions gluantes, lui agiteraient leur paperasse sous le nez. On ferait du surplace. Perte de temps assurée.

La carte du capitaine était toujours dans sa poche. Il la fit tourner entre ses doigts pendant un moment, puis renonça à appeler. Il avait pris sa décision. Il ne supportait plus cette sensation d'être le jouet d'un cerveau malade.

– Qu'est-ce que tu branles, Ducon ? T'es pas censé enchanter tes poufiasses à c't'heure ?

*Le sociopathe pachydermique. Je n'y crois pas.*

Il se retourna lentement et prudemment sur l'imposante silhouette, et pendant quelques secondes, crut à une vision. Le colosse souriait de toutes ses dents. En *yukata* [1] à grands ramages et juché sur des *geta* [2]. Des tenues que portaient les sumos en activité parce qu'elles leur serraient moins la couenne que les vêtements occidentaux.

Namba se laissa choir sur le banc et poussa un long et joyeux soupir de baleine parfumé à la gnole. Il raconta qu'il avait retrouvé des vieux potes de son écurie de champions autour d'un banquet. Ils avaient bien rigolé en se remémorant leurs combats dans l'arène.

– On était jeunes et cons, Yudai. Encore plus que toi. C'était bien.

– Sûrement.

– Ça faisait longtemps que j'm'étais pas pris une murge. Le saké m'a donné une idée.

– Ah oui, me casser la gueule une fois de plus ?

– Fais pas ta chochotte. J'pense que t'en es pas une, en réalité. T'as des couilles, mec. Quand tu m'as provoqué à la sortie du théâtre, j'ai bien failli sortir de mes gonds et t'massacrer. Mais j'l'ai pas fait.

– Bien vu. Boss Itami n'aurait pas aimé.

– C'est pas seulement ça, mec. Avec tes costards et tes coiffures de tarlouze, j't'avais pas cerné. Chez les sumos, on massacre pas les adversaires respectables, tu vois ? Y'a un code.

Yudai se foutait du code des sumos autant que de celui des yaks, et se demandait comment se dégluer de cet énorme bigorneau. Le sentiment d'urgence ne l'avait pas quitté. C'était comme si une voix intérieure délaissée depuis trop longtemps lui était enfin rendue.

– Et pis, j'ai pensé à un truc. Boss Itami veut qu'tu

1. Kimono léger et décontracté pour l'été.
2. Socques de bois traditionnels.

retrouves le tueur de l'Anglaise. Et donc, t'as pas le choix, mec. Mais à vue d'nez, pardon, t'as pas trop les moyens.

— Ah oui ?

— T'es gras comme mon doigt. Alors j'ai pensé que j'pourrais te filer un coup d'patte. On va gagner du temps. Boss Itami sera content. De toi. De moi. Et j'ai envie qu'y m'ait à la bonne. Tu vois ?

— Oui, le contraire ne donne pas de trop bons résultats, j'ai noté ça.

Ce con massif sentait le saké et la sincérité. Et puis un partenaire musclé n'était pas un luxe en cette période funeste où les macchabées s'empilaient comme des assiettes dans un évier sale. Enfin, cette nuit, l'ex-sumo serait indécollable. C'était l'évidence, il dégoulinait de nostalgie. Yudai jonglait avec les arguments, ils retombaient tous au bon endroit. Autant avoir Namba comme allié.

Il lui fit signe de le suivre vers l'avenue.

— On va où ?

— À Hibiya. Chez une Française qui publie des bouquins.

— T'en as d'autres des idées comme ça ?

— Je t'expliquerai dans le taxi.

— Tu lis trop, mec.

\*

Namba faisait du boucan dans la rue tranquille avec ses socques. La *minka* dormait comme tout le quartier. Yudai sonna, pas de réponse.

La porte était entrouverte, ils se déchaussèrent dans l'entrée.

— Mathilde ? Vous êtes là ?

251

Plusieurs parapluies patientaient dans le portant en fer forgé, une rigole s'était échappée de l'un d'eux et formait une flaque sur le carrelage. Deux paires de chaussures bien alignées. De jolis escarpins d'une marque de luxe française. Des baskets mal en point de « sexe indéterminé ».

Le bureau où Mathilde l'avait reçu était éclairé. Il s'avança, repéra un téléphone portable abandonné sur les tatamis. Il passa une tête. La pièce était vide, en désordre, une cloison de papier était déchirée. Il s'accroupit devant un dossier esseulé et ouvert, des feuillets épars et couverts de textes denses s'en étaient échappés. Sans doute du français, peut-être bien des contrats.

Il appela encore, n'obtint aucune réponse, décida de monter à l'étage. Leurs pas couinèrent dans l'escalier, surtout ceux de Namba.

Dans la minuscule salle de bains, le géant poussa un juron. La baignoire était trop petite pour s'y allonger, mais profonde. Les cheveux clairs flottaient en corolle dans l'eau rougie. Namba attrapa la morte par le cou et la souleva d'un seul mouvement.

Petite, très mince. Mathilde. L'intérieur de son poignet droit portait des entailles profondes.

Yudai déglutit avec difficulté. Et réussit à ne pas vomir. Ça n'avait pas de sens. Ça n'avait pas de fin. Pourquoi lui avait-elle envoyé ce texto ? Pour qu'il la repêche dans sa baignoire ? Non, ça n'avait vraiment pas de sens.

— Elle s'est suicidée ta *gaijin* ! beugla Namba. Ça nous arrange pas. Boss Itami va pas aimer. Merde.

Il relâcha le corps. Yudai sentit les éclaboussures sur sa jambe. L'eau était encore chaude.

Mathilde lui avait donné l'impression d'être une

personne équilibrée. Quelle raison aurait-elle eu de s'ouvrir les veines ?

Son bureau avait été fouillé. Et il y avait cette paire de baskets dans l'entrée. De vieilles godasses qui ne correspondaient pas au goût raffiné de la Française. Des baskets de femme aux grands pieds. Ou d'homme à petite pointure. Et l'eau de la dernière pluie. Qui dégouttait d'un parapluie fraîchement mouillé.

– Il y a quelqu'un dans la maison, murmura Yudai.

– Le mec qu'on cherche ?

– Peut-être bien.

– C'est not' chance. On s'le coince.

Ils fouillèrent les deux chambres, un grand placard. Rien à signaler. Namba s'engagea dans l'escalier. Et pila en plein milieu.

– T'entends ça, mec ?

Quelqu'un pleurait. Doucement. Des pleurs entre-coupés de petits hoquets. Une femme. Ça les mena jusqu'à la cuisine. Elle n'était pas éclairée. Ou alors vaguement par les rayons lunaires provenant de l'unique fenêtre. Qui donnait sur le jardin et le silence.

Il y avait quelqu'un d'accroupi contre la porte du four. Et ce quelqu'un était complètement nu.

Fragile, tête penchée, genoux ramenés contre le buste, bras ballants sur les genoux, corps secoué de sanglots. Elle leva les yeux vers eux. Son visage n'était qu'une grimace de désespoir.

Elle tourna la tête vers Yudai, sembla ne pas le reconnaître. Elle était en état de choc.

– C'est qui ? demanda Namba.

– Une autre Française. Marie.

– Y sont salement déprimés dans ce putain de pays !

Yudai actionna l'interrupteur. Rien. Namba s'était

avancé vers Marie. Elle gardait les bras ballants, on discernait un objet sombre dans sa main droite. Un peigne? Non, un couteau. Un couteau papillon. Replié.

– Mathilde... Je l'ai trouvée comme ça, articulat-elle. Pourquoi, elle s'est tuée, hein? Je ne comprends pas...

– Ça va aller, mam'zelle, dit Namba. Ça va aller.

– Elle s'est ouvert les veines dans le bain, continua Marie. Le couteau, elle a dû le laisser tomber... Je l'ai ramassé... Je ne sais pas pourquoi...

– Ça va aller, ça va aller. Ouais, ça va aller.

– J'ai dérapé sur le sang. Il y en avait tant. J'ai voulu me laver... Ça ne part pas... C'est horrible.

Namba se tourna dans la direction de Yudai. Pour dire qu'il fallait une couverture.

*Un couteau divisible, le genre qu'aiment les yaks. Très maniable.*

Sale pressentiment. Pensée météore. Yudai articula le nom de Namba. Vite, agripper son bras, la manche de son *yukata*. Le tirer de là.

Déclic de couteau. Et ce mouvement de chair blanche. Marie comme un tendon. Et ce bruit dégueulasse.

Namba, figé.

Ses énormes bras s'écartèrent. Une gerbe de sang décolla de son cou. Ça retomba sur la table, ça retomba partout.

Yudai poussa un cri bref. Mais son corps était paralysé. Celui de Namba s'écroula. Montagne mourante.

*Catastrophe.*

Elle était debout, solide, corps zébré de sang, traits tranquilles et sauvages. Ça n'aurait pas dû exister ce visage-là. Ça existait.

Elle ne bougeait plus, se contentait de le regarder. Le corps de Namba était devenu une frontière. Il était secoué de soubresauts. La vie se barrait.

*Putain de merde.*

Yudai retrouva ses réflexes, recula d'un pas. Le pas le plus lent de son existence. La porte, juste derrière lui. Et celle de la rue, restée ouverte. La fuite possible. La meilleure solution. Mais il voulait savoir. Ah oui, pour Kate, il voulait savoir.

La dingue le surprit, elle parla la première.

– Elle dort ici…

Elle désignait un point invisible entre ses deux seins. Son plexus ? Elle avait un visage et un corps de fauve, mais sa voix était douce. C'était la même que celle qu'elle servait à ses clients. Il s'en doutait bien.

– De qui tu parles ? De Mathilde ?

Lui aussi avait sa voix spéciale. Sa voix des grands soirs et des nuits qui n'en finissaient pas. Celle qui lui avait ouvert le cœur, les espoirs et le portefeuille des femmes.

Cette voix, comme une flûte magique, il pouvait s'en servir.

Même contre elle, la folle, la coriace.

Il voulait vraiment savoir.

– Mais tu parles plutôt de Kate, n'est-ce pas, Marie ?

Elle hocha la tête. Laissa ses bras retomber le long de son torse. Se redressa. Elle n'était plus en position d'attaque. Mais elle était si vive, si forte, et ne connaissait pas l'hésitation. Il pouvait dialoguer, mais avec une prudence infinie. Ça se jouait au millimètre.

Il voulut parler, elle lui coupa la parole.

255

— Merci d'avoir répondu au texto de Mathilde, Yudai. Au fait, c'est moi qui l'ai envoyé.

— Oui, je le comprends maintenant.

Une dose d'humilité. Mais pas trop. Parce que pour charmer, il n'en fallait qu'une pincée.

Elle posa un pied sur le corps de Namba, et son coude sur son genou, son menton sur sa main. Style grande chasseuse dominant sa proie. Cimetière des éléphants, repos de la guerrière, sélection naturelle. Elle était surtout la reine des cinglées. Et pourtant, il en avait croisé, des artistes de la dinguerie.

— J'ai perdu mes parents, toi aussi, Marie.

— Et alors ? Tu vas me dire que tu me comprends, c'est ça ?

— Tu sais bien que je comprends n'importe qui, j'ai de la pratique. Mais toi, tu as réussi à me surprendre, Marie. C'est vrai.

— Ce n'était pas le but.

— Le but, c'était le manuscrit. Le roman. Il est à toi maintenant. La propriété, cette notion floue.

— Oui, oui, il est à moi. Mais bon, Mathilde est morte. Alors je ne sais pas trop quoi en faire de ce roman. Mais il y a toujours d'autres possibilités. Des milliers.

— Parle-moi de Kate. J'ai le droit de savoir.

— Le droit ?

— Le besoin. Si tu préfères.

— Oui, je préfère, Yudai. Mais tu crois qu'il y a une explication à tout ?

— Non, mais on peut essayer, Marie. On a toujours été directs l'un avec l'autre.

— C'est vrai. Et j'ai bien aimé.

— Alors ?

— J'ai soif.

Sans le quitter des yeux, elle se déplaça vers l'évier, prit un verre sur l'étagère, le remplit d'eau du robinet et but avec avidité. Elle lui faisait penser à un animal entraîné à la survie. Grande intelligence du corps. Instinct très sûr. Imbattable.

Il pouvait encore partir, s'enfuir, courir. Malgré ses côtes écrabouillées et sa fatigue cataclysmique, il courrait vite, il s'évacuerait de ce cirque. L'adrénaline l'irriguait des pieds à la tête. Un sacré carburant.

Mais Kate. Il n'y avait que Marie qui savait. Et la mémoire de Kate ne pouvait pas flotter dans les limbes de l'incertitude pendant une éternité. Elle l'avait trahie mais il l'aimait. Il le savait puisque la mort lui léchait l'oreille.

Il venait de le comprendre. C'était un sentiment gravé dans sa peau. Il ne pouvait rien faire contre ça.

*Rien. Kate est morte. Une partie de moi est morte aussi.*

Il sursauta. Explosion claire. Elle venait de projeter le verre à peu près dans sa direction. Il s'était brisé sur le mur.

– Je n'aime pas cette maison, lâcha-t-elle. Ces meubles, cette vaisselle, ces vieilleries. Je n'aime pas le passé. (Il resta immobile. Elle l'observa longuement, puis sourit.) Mais, j'ai toujours bien aimé ton visage, Yudai. Encore jeune. Juste un peu abîmé par le temps. Et donc un peu plus beau à cause de ça. La trentaine, c'est le début de la chute. Après, on ne fait que glisser. Je ne sais pas si je vivrai jusque-là.

Elle lui souriait toujours. Et c'est là qu'il comprit à qui elle ressemblait. Ses cheveux blonds qui n'allaient pas avec son teint. Elle avait pris l'apparence de Kate. Elle était comme un caméléon, ou plutôt comme ces oiseaux qui s'accaparent le nid, la vie des autres. Et puis elle était un fauve aussi. Le *genre animal* à elle seule.

– Lorsque Kate est sortie du lit, je lui ai dit que tu étais passé. Tu n'avais pas voulu la réveiller. Le temps était magnifique, tu l'attendrais dans ce parc de Chiba. Pourquoi Chiba, tu devines ?

– Parce qu'on y avait déjà pique-niqué, elle et moi. Un beau souvenir.

– C'est ça, bravo. J'ai dit à Kate qu'elle pouvait arriver à n'importe quelle heure, tu serais là. Elle a voulu t'appeler. Je n'avais aucun doute, tu dormais chez toi, ton portable était sur répondeur. Mais ça a été le moment délicat.

– *Délicat ?*

– Si elle t'avait laissé un message et parlé du pique-nique, de moi, de ton soi-disant passage au studio de Nakano, ça aurait fait basculer mes plans. Et j'aurais été obligée de reporter. Un autre jour. Une autre occasion.

*Kate est morte parce que je dormais. Et parce que j'avais coupé mon putain de téléphone.*

– Mais elle n'a pas laissé de message.

– Eh non, Yudai. Au lieu de ça, elle s'est vite préparée. Si joyeuse à l'idée de ces retrouvailles, de ce pique-nique surprise. Juste avant qu'elle ne quitte notre studio, j'ai pris son téléphone dans son sac. Elle est partie sans vérifier, trop pressée qu'elle était de te retrouver. Je savais qu'elle prendrait les transports en commun. Le taxi est trop cher pour pareille distance. Moi, j'avais loué une moto. Partie juste après elle, je suis arrivée bien avant. La veille, j'avais creusé sa tombe. Tu veux vraiment la suite ?

– Oui. Dis-moi.

– Je l'ai suivie et je me suis planquée dans les

258

fourrés. Je suis capable de me rendre invisible et d'attendre, très longtemps, s'il le faut. Tu t'en doutes.

Son débit s'était accéléré, son regard brillait. Elle était très contente de ses exploits. Fière d'elle-même. Yudai réussit à comprimer la haine et la tristesse qui lui broyaient le cœur. Il se façonna un visage un rien admiratif.

– Oui, je m'en doute, Marie. Continue, je t'en prie.

– Au bon moment, je l'ai assommée. Ensuite, séance photo, enterrement, disparition. J'ai envoyé le texto et le message à Jason, à Londres. Kate m'avait si souvent parlé de l'affaire Otokawa. L'histoire la fascinait. Tu comprends ?

– Oui, elle en avait fait un roman.

– C'est ça. Elle avait mis plus d'un an à l'écrire.

Le détail qui dansait au bord de son esprit explosa comme une bulle.

Marie voulait s'accaparer le roman. Mais il lui fallait le traduire de l'anglais vers le français. Pour un tel travail, du temps était nécessaire. Ce n'était donc pas juste après la mort de Kate que Marie avait eu cette idée. Mais avant. Bien avant.

*Si je l'avais compris avant de venir ici, les choses auraient tourné différemment…*

– Tu n'avais pas peur

– De quoi ?

– De te faire prendre.

– Non. Je ne connais plus la peur. C'est du passé. Et j'avais bien soigné la méthode. *Le diable est dans les détails.* Tu connais cette citation ?

– Non.

– Kate la répétait, souvent, elle la trouvait drôle. Bref, j'ai jeté son portable dans les fourrés, non loin de la tombe, en fait. Pour qu'on retrouve vite son corps et qu'on croie à un copieur d'Otokawa.

– Moi, par exemple.

– Oui. C'est exactement ça, Yudai.

– Et puis, tu as changé d'avis.

– Oui, plus tard, j'ai renoncé à te faire condamner. Tu étais devenu mon ami, je ne pouvais pas te trahir. Alors, j'ai pensé à Norio. Mais ça n'a pas tourné comme je l'aurais voulu.

Elle s'interrompit, passa une main sur son front. Un léger flottement ? Une perte de repères ? Yudai eut la sensation que ce vide durait une éternité.

– Et maintenant, Marie ?

– Les policiers feront ce qu'ils voudront, ça m'est égal. J'ai décidé de ne plus exister dans leur monde. J'ai assez d'argent pour disparaître sans laisser de traces.

– L'argent de Kate.

– Bien sûr. Copier son style m'a permis de vider son compte bancaire sans difficulté. Pour certains guichetiers, tous les *gaijin* se ressemblent. Tu ne crois pas ?

– Oui, c'est possible.

– Voilà, Yudai, tout est dit. Comme tes clientes, je t'ai livré mes pensées les plus secrètes. Et je sais que tu sais garder les secrets.

*Ne me fais pas croire que tu comptes me laisser la vie, salope.*

Elle baissa la tête. Nouveau petit sourire en coin, mâtiné de fierté. Elle s'était remballée dans ses certitudes. De femme invincible.

*Ma chance, maintenant.*

Ou jamais. Il prit la fuite.

Elle lui hurla de s'arrêter. Il l'entendit le courser.

La rue, à quelques mètres.

Le choc contre son dos. Elle s'était projetée comme une masse furieuse. Son épaule se déchira, la douleur l'aveugla, il chuta. Elle avait une force démoniaque, était dix fois plus rapide que ce qu'il aurait cru.

*Erreur d'appréciation. Grave.*

Il tenta de se retourner, elle l'emprisonna dans l'étau de ses cuisses, lui agrippa les cheveux d'une main, tira violemment sa tête en arrière, déploya le couteau papillon d'un mouvement de poignet, plaqua la lame contre sa gorge. Elle avait de petits seins fragiles. Elle ne l'était pas.

*Elle manie ce bidule aussi bien qu'un yak.*

Pression. Légère entaille, mais déjà du dégât. Ça giclait. Il ravala un cri.

Il était vautré dans son propre sang, entendait la respiration de cette malade au-dessus de lui, sentait sa transpiration acide. Une pression à peine plus appuyée et elle l'égorgerait.

*Traqué.*

Il lutta contre la panique qui montait comme une vague.

Il pensa à Ryu. C'était bien. Faire le calme. Se préparer. L'une de ses dernières pensées serait un souhait pour son fils. De vie heureuse.

– Tu m'as menti, Yudai. Je croyais que tu étais mon ami…

Si elle voulait encore parler, c'est qu'un espoir subsistait. Sinon, il serait déjà mort.

– J'étais prêt à l'être, Marie. Mais il y avait Kate…

– Kate ? Encore elle…

– Par fidélité, il fallait que je comprenne ce qui lui était arrivé.

– Ah, la fidélité, oui, c'est bien la fidélité. (Elle

desserra son étreinte, le lâcha, se releva.) Comment t'expliquer, Yudai…

Les pieds de cette dingue à hauteur de ses yeux. La faire tomber. Il n'aurait pas d'autre chance.

– J'ai rencontré une fille nommée Béa, continua-t-elle, sa vie m'a plu, je lui ai volée. Ensuite, je me suis lassée. J'ai rencontré Kate, sa vie était plus intéressante encore…

Il saisit sa cheville, tira. Son épaule blessée le limita.

Elle avait chancelé sans perdre l'équilibre. Elle se redressa, plongea, lui taillada la cuisse avec son couteau. Il s'entendit hurler. Mais trouva la force de lui balancer sa jambe valide dans l'estomac.

Elle lâcha le couteau, il rampa pour le saisir, y parvint, tenta de se relever. La souffrance le submergea, son corps refusa d'obéir.

Il brandit le couteau. Elle le fixait, haineuse, immobile. Elle ramassa le porte-parapluies en métal, fonça.

*Elle va me fracasser le crâne.*

\*

Il sentait un fouet sur son visage.

Un fouet léger comme celui des batteurs de jazz des années de jeunesse de Sanae.

Il ouvrit les yeux sur une ébauche de lune. Des gerbes de terre tombaient du ciel.

Ses yeux s'habituèrent au faible éclairage. Il sut qu'il était allongé dans une fosse, ficelé, membres ligaturés, fait comme un rat. Bâillonné avec de la bande adhésive et donc dans l'incapacité de convaincre. La douleur irradiait dans son épaule et sa cuisse. Il tenta malgré tout de se redresser. Ses épaules restèrent plaquées. Il tourna la tête à droite, à gauche. Cette dingue l'avait cloué au sol avec des pitons métalliques. La terre continuait de s'amonceler.

Marie. Elle maniait une pelle. Comblait la fosse à une cadence rapide.

*Je vais finir comme Kate. J'étoufferai lentement.*

Le temps se détendit.

*Kate. Soleil au pays des ombres. Mon amour.*

Non, il n'était pas prêt à mourir. Il se devait à Ryu.

Il se démena en vain. Tenta de hurler. À travers l'adhésif, sa voix n'était plus qu'un grognement rauque. Bientôt l'obscurité se fit pleine. Les sons s'amoindrirent. Son cœur s'affola. Son esprit atteignit le précipice de la folie.

Économiser… l'air… qui lui restait.

Impossible.

Il perdit le contrôle. Une douleur atroce envahit sa trachée, ses poumons. Elle fit exploser sa raison.

# 37

## Marie

*Lundi 19 octobre,*
*0 h 20.*

Elle avait fini son ouvrage, la tombe était rebouchée. Son rêve d'amitié impossible avait disparu comme toute illusion un jour ou l'autre. Elle regarda le maigre disque lunaire. Un faible éclairage providentiel. Personne ne pouvait rien discerner. Le jardin était silencieux, hormis le ronronnement du trafic sur l'avenue. Le vent apportait une odeur végétale.

La paix, malgré tout.

Elle repéra le tuyau d'arrosage, posa sa pelle et se débarrassa de la terre et du sang séché maculant ses mains et son visage. Ses vêtements étaient posés en tas. Elle se rhabilla et glissa le couteau papillon dans sa poche de pantalon.

*Je n'ai plus d'ami mais le monde est plein de possibilités, non ?*

Elle perçut le changement d'orientation du vent.

Se tourna trop tard vers le cri strident.

Une lumière blanche détruisit son cerveau.

*

Elle revint à la vie. Fausse alerte, elle avait pourtant cru que ça y était. Son crâne était en feu, mais toujours en un seul morceau.

Coups de pelle et gémissements sur sa droite. Au jugé, une femme à la peine.

Les lueurs d'un gyrophare dansèrent de la rue jusque dans le jardin.

Elle se redressa prudemment.

Akiko. C'était elle qui l'avait cognée. Elle tentait de déterrer Yudai, et s'y prenait n'importe comment. Cette pouffiasse indécollable était raide dingue de lui. Une plaie.

Vite, s'approcher sans bruit pour l'égorger par-derrière. Mais sa voix intérieure la retint.

*Tu as le choix, tuer ou fuir.*

Il suffisait de décamper par le jardin des voisins.

C'est ce qu'elle fit. Akiko n'avait pas détourné la tête de sa besogne désespérée.

Marie marcha vite, la voiture de Sanae était garée quelques rues plus loin. Dans le coffre, sa valise, son billet d'avion, son nouveau passeport, l'argent récupéré sur le compte bancaire de Kate. Et la clé USB contenant ce putain de roman. *La Cité des mensonges.*

Ça avait été inutile de changer le titre original. *City of lies.* Un beau titre qui claquait. Et résumait les saletés de Kabukicho. *Bravo, Kate. Bien vu.*

Elle se glissa dans la voiture, mit le contact, démarra.

La liberté était froide comme un masque de plastique blanc. Il faudrait lui donner des traits, une chaleur, une identité. Ça finissait toujours par se trouver.

Il lui fallut une demi-heure pour rallier l'aéroport.

Une fois arrivée, elle se changea dans la BMW avant de l'abandonner dans le parking. Pas mal d'heures restaient à tuer avant d'embarquer.

Une partie d'elle était triste de quitter le Japon. Ce pays lui avait tant appris. Et elle avait failli y vivre une amitié et un amour inoubliables.

Elle pénétra dans le hall et trouva un banc isolé. Le visage de Yudai dansa dans sa mémoire, leurs rencontres à Hanazono avaient été des moments marquants. Elle ne regrettait pas de lui avoir dit la vérité avant qu'il ne meure.

Elle lui devait bien ça. Il avait été le garçon le plus charmant de la terre.

Que devait-elle faire? Eh bien, fermer les yeux pour lui murmurer un au revoir. Il vivait en elle, et donc il pouvait l'entendre.

Elle hocha la tête en souriant. Elle ne serait jamais une romancière, finalement. Bah, ce n'était pas si grave. D'autres routes existaient, il suffisait de se creuser la cervelle.

Elle repéra une poubelle. Hésita.

Elle avait tellement sué sur ce bouquin de malheur. Ah oui, tellement.

Des mois à travailler dur pour le traduire. Trente-neuf chapitres. Un boulot de galérien, à abattre discrètement au café du coin, jour après jour, dans le plus grand secret et la plus grande solitude. Parce qu'il fallait que Kate ne se rende compte de rien.

*Écoute-moi bien, Kate, ce qui est arrivé, c'est entièrement de ta faute. Pourquoi m'avoir fait lire ton manuscrit? Pourquoi m'avoir demandé mon avis, hein? Tu aurais dû avoir confiance en toi et te démerder seule. Les gens sont incroyables, ils creusent leurs tombes eux-mêmes, non ? Ne te plains pas, tu veux bien ? Je ne t'écouterai pas.*

Elle sortit la clé USB de son sac, la jeta devant elle, l'écrasa de plusieurs coups de talon, ramassa ensuite les morceaux et les jeta à la poubelle.

*Et tu crois que je ne me suis pas reconnue dans l'héroïne ? Une paumée en quête d'identité. Qui débarque au Japon et flirte avec l'envie de devenir une pute. Ah oui ? Vraiment ? Tu m'as manqué de respect. Tu t'es payé ma tête, Kate. Mais tu as toujours été transparente.*

Marie alla se rasseoir sur son banc. Et réfléchit.

Elle n'était plus écrivain, c'était un fait entendu.

Clair et net.

Alors, qui était-elle pour le moment ? Eh bien, elle était comme ces magnifiques scarabées adorés par les anciens Égyptiens et symboles de résurrection. Avant de produire une carapace à la beauté d'émeraude, ils devaient laisser leur chrysalide derrière eux.

Voilà.

Elle devait se quitter pour se retrouver.

Beaucoup mieux. Ailleurs.

# 38

## Yamada

Aussitôt l'appel d'Akiko reçu, Yamada avait alerté ses collègues du commissariat d'Hibiya pour qu'une patrouille file au domicile de la Française, la directrice du Bureau du Livre. Depuis, des nouvelles lui étaient parvenues par radio. Elles n'étaient pas bonnes. Il y avait deux corps.

Ils virent le gyrophare, la Toyota de la patrouille, vide. Watanabe se gara, ils se précipitèrent dans la maison, déboulèrent dans le jardin où dansaient les faisceaux des lampes torches.

Yamada vit Yudai, couvert de boue et de sang, inerte, allongé à côté d'une fosse. Et une fille, sans doute Akiko, prostrée, à croupetons, des rigoles de larmes sur son visage souillé. Un collègue en uniforme tentait de ranimer le jeune homme avec un défibrillateur. Au bout de quelques minutes, il fallut renoncer. Yudai était mort.

Yamada échangea un regard avec Watanabe. Son adjoint était dévasté.

– Je croyais que c'était lui, chef…

– Oui, je sais.

– On a tout raté…

Yamada prévint le commissaire Ando, qui déclara qu'on prendrait les mesures nécessaires dans les ports, aéroports, gares et sur les axes routiers. « À vous d'appeler la scientifique. » Sa voix était sèche. Était-il en colère ou simplement stressé ? Yamada pensa que ça n'avait plus guère d'importance. Si sa propre carrière devait finir dans le caniveau, eh bien qu'elle se noie. Il n'y avait plus rien à faire pour contrer le fil des événements, si ce n'était de suivre le peu d'instinct qui lui restait. Il raccrocha, contacta la brigade scientifique et leur donna l'adresse de la maison.

Il tenta une fois de plus de joindre Christophe, l'ami de Marie. Aucune réponse.

Watanabe s'était assis sur un de ces rochers du type qu'on voit dans les jardins zen. Il fixait ses chaussures.

\*

Yamada reçut un appel d'un officier du groupe d'Ando. Air France avait été contacté. Coup de chance incroyable, et qui était sans doute à mettre sur l'état mental très perturbé de Marie Castain, on avait appris qu'elle avait acheté un billet open pour Paris un mois auparavant. Un vol décollait de Narita ce matin à 10 h 30.

– J'arrive.

– Il y a déjà une brigade sur place, capitaine.

– J'arrive, répéta Yamada avant de raccrocher.

Il demanda à son adjoint s'il voulait l'accompagner à l'aéroport.

– Ça servira à quoi ?

– Quand on commence un travail, on le finit, Watanabe.

– Je devrais trouver ça marrant, mais j'y arrive pas, chef.

– Tu viens, oui ou non ?

Le lieutenant ferma enfin le robinet à états d'âme et ils prirent la route. Il leur fallut une heure trente pour rejoindre l'équipe déjà sur place. Il était question d'arrêter Marie Castain au moment où elle se présenterait à l'embarquement.

\*

Yamada et ses coéquipiers se tenaient à bonne distance. Il la vit franchir la porte en verre coulissante. Vêtue d'une veste noire et d'un pantalon kaki assez lâche, elle tirait une valise à roulettes de format cabine. Son regard était dissimulé par des lunettes noires, mais sa chevelure blonde comme passée dans un gaufrier était très reconnaissable. Elle s'avança sans se presser. Yamada pensa que seule la folie pouvait conférer une telle assurance. Cette fille n'avait pas la moindre idée de qui elle était mais savait exactement ce qu'elle faisait.

Elle consulta l'écran des départs, se rendit au guichet Air France, présenta son billet et son passeport à l'hôtesse. Celle-ci lui indiqua une borne d'enregistrement automatique. Tandis que Marie passait son passeport devant l'écran, l'hôtesse fit le signe convenu aux policiers.

Ils convergèrent vers elle, lentement, l'encerclèrent. Yamada, parce qu'il était le plus gradé, lui cria qu'elle était en état d'arrestation.

– Levez vos bras au-dessus de votre tête. De façon nette et visible.

Elle se figea quelques secondes, obéit à l'injonction et se retourna. Yamada sentit sa gorge se nouer. Watanabe la fouilla.

– Elle n'est pas armée, chef, dit-il en la menottant.

Yamada tendit le bras vers son visage, elle ne réagit pas, il lui enleva ses lunettes. Des yeux clairs, très maquillés. Et les sourcils n'étaient pas en forme de croissants au beurre.

Cette fille avait la même silhouette, la même coiffure et le même âge que Marie. Pour le reste, elle était simplement une inconnue qui voyageait avec son passeport.

Il s'avéra que c'était une Russe qui avait accepté une somme d'argent pour jouer un rôle. Son japonais était épouvantable mais ils comprirent assez vite que cette fille n'avait jamais eu la moindre idée du pétrin dans lequel elle se fourrait.

Yamada pensa à son séjour passé à l'hôpital. Les années qui suivraient seraient peut-être un long coma éveillé.

Il chassa cette idée idiote. Il était vivant. Sa fille était vivante. Sa femme aussi. Il avait beaucoup de chance.

# 39

## Marie

*Mardi 20 octobre,*
*12 h 30.*

Bien qu'un peu cher, ce faux passeport acheté à un Nigérian de Kabukicho avait été l'une des meilleures affaires de sa vie. Elle le possédait depuis plusieurs mois et avait eu le temps de fusionner avec la fille de la photo. Une brune aux cheveux courts et aux yeux bleus. Une perruque, des lentilles de contact, une tonne de conviction, et la métamorphose avait eu lieu.

Elle avait embarqué la veille sans problèmes à Haneda International sur le vol d'Airlines Philippines à destination de Sydney via Manille.

L'Australie avait beaucoup de points positifs. Le premier, c'était que le décalage horaire avec le Japon était insignifiant. Malgré un voyage de plus de seize heures, elle se sentait fraîche comme une rose.

*Australie. Australia. Île-continent. Terre d'opportunités.*

Elle venait d'arriver à Sydney et déjeunait confortablement installée à la terrasse d'un restaurant de

272

George Street en regardant les passants. L'ambiance lui plaisait déjà. La cuisine et le vin étaient bons, les températures douces, les habitants généralement grands, beaux et en pleine santé. Cette contrée s'appelait New South Wales, la Nouvelle-Galles du Sud. C'était de bon augure.

Jason pourrait la rejoindre ici. Il se fondrait dans l'ambiance.

Ou pas.

Est-ce que son souvenir n'était pas en train de s'émousser? L'amour était peut-être soluble dans l'air. Maintenant qu'elle avait découvert ce que c'était, elle pourrait être plus alerte et plus efficace lorsqu'il se présenterait la prochaine fois. Sous les traits d'un autre homme.

En attendant, il lui fallait trouver un corps à habiter. Il y avait quelque part dans cette vaste ville choyée par la mer et le soleil un visage, un passé, un métier et des rêves à emprunter.

Une autre vie. Laquelle? Marie avait l'embarras du choix.

Excitée comme une chasseuse, elle savourait déjà cette nouvelle puissance à emmagasiner. Une accumulation bénéfique. Elle l'avait compris ces derniers temps, son talent était bien meilleur que ce qu'elle avait cru. Non seulement elle avait la possibilité d'aspirer la vigueur et l'essence d'un individu, mais, lorsqu'elle changeait de peau, les essences capturées se combinaient.

*Maman, le gros gardien con, Béa, Kate, la vieille Kashima, Sanae, Christophe, Mathilde, l'autre gros con nippon, Yudai… Vous vivez tous en moi.*

*Vous me nourrissez et je vous permets de continuer à*

273

*exister encore un peu. N'est-on pas terriblement heureux ensemble ?*

*Moi, je le pense.*

La serveuse, une fille de son âge aux yeux noisette, vint demander si elle souhaitait encore du vin. Sourire sympathique, élégance naturelle, elle ne semblait ni épuisée ni frustrée comme le sont habituellement les gens n'ayant pas choisi leur métier. Une étudiante ? Qui arrondissait ses fins de mois ? Une fille intéressante, au regard vif. Et à l'esprit ouvert. Ah oui, très certainement.

Marie commanda un deuxième verre de chardonnay pour lui faire plaisir. La serveuse avait repéré sa valise à roulettes.

— Vous venez d'arriver en ville ?

— Oui, de France.

— Vous parlez très bien anglais.

— Je me suis préparée. Ça fait des années que l'Australie me fait rêver. Mais maintenant que je viens de débarquer dans mon rêve, il va falloir que je me trouve un job, une chambre, des amis.

— Bravo, vous êtes courageuse. Moi, je me suis contentée de quitter Melbourne, ma ville natale. Je ne le regrette pas. Sydney est une ville fantastique.

— Pardonnez ma curiosité, mais j'ai l'impression que vous n'êtes pas que serveuse.

— Je suis peintre, répondit-elle avec fierté.

— J'adore la peinture. Qui est votre peintre préféré ?

— Gerhart Richter.

— Moi aussi. C'est incroyable. Au fait, je m'appelle Marie.

— Enchantée. Moi, c'est Cameron. Mais mes amis m'appellent Cam.

— Vous pourriez me conseiller un hôtel pas trop cher, Cam ?

— J'habite une résidence un peu excentrée mais où les loyers sont raisonnables. Je crois qu'il reste des studios en location. Ça vous intéresse ?

— Bien sûr.

Elle n'avait pas la moindre idée de qui était Gerhart Richter et de ce qu'il avait peint, mais elle apprendrait. C'était l'une de ses qualités. Cette habilité à très vite assimiler.

Elle leva son verre en l'honneur de sa nouvelle amie.

— À la renaissance !

— OK ! Pourquoi pas. À la renaissance, Marie.

*Ah, j'aimerais pouvoir t'expliquer, Cam. Mes morts vivent en moi. Ils tendent leurs bras dans ma direction, je sens leur souffle sur ma joue.*

*Rien n'est jamais fini.*

*Rien.*

Ce lundi 5 octobre 2015, en début d'après-midi, Kate Sanders traversa la gare, se dirigea vers la station de taxis et demanda qu'on la conduise au parc. Jovial et bavard, le chauffeur la complimenta pour sa maîtrise du japonais, voulut connaître sa nationalité et savoir ce qu'une jeune Anglaise faisait si loin de son pays.

Il était hors de question de lui confier qu'elle était hôtesse de bar, surtout dans la cour des miracles de Kabukicho. Elle mentit, se prétendit professeur d'anglais.

Elle pensa à Yudai qu'elle retrouverait dans quelques instants.

À lui aussi, elle mentait, et depuis le début, depuis son arrivée au Japon. Ç'avait été facile lorsqu'il n'était pour elle qu'un objet de curiosité, un sujet d'étude. La matrice de son futur roman, *City of Lies*. Mais l'imprévisible avait eu lieu, et Yudai était devenu quelqu'un de très important dans sa vie. Ces derniers temps, lui mentir était une souffrance, même par omission. Elle était arrivée au bout de ce qui était possible.

La vérité massacrerait peut-être leur lien. Un risque à prendre. Elle ne pouvait pas continuer ainsi.

Elle fit arrêter le chauffeur avant le petit pont. Le lac brillait dans le terne puzzle des champs. Brise légère, ciel pur, c'était un vrai soulagement après la surexcitation de Tokyo, les nuits inutiles à boire, les journées gâchées à dormir.

Elle comptait avouer aujourd'hui. Dans la douceur de l'automne. Loin de la violence de Kabukicho, ce gigantesque théâtre des illusions où Yudai survivait tant bien que mal. Il faudrait juste trouver le moment.

Elle traversa le pont, s'engagea dans la ruelle menant au parc, entendit une mélodie au piano provenant d'une maison au toit de tuiles bleues. Jean-Sébastien Bach, maladroitement interprété mais avec ferveur. La froideur joyeuse de Bach, ça allait parfaitement avec ce qu'elle avait à révéler.

Sentant une présence, elle tourna la tête vers une femme qui l'observait depuis sa fenêtre et devait se demander ce qu'une étrangère faisait dans cet endroit perdu.

*Je viens participer à un pique-nique improvisé. Et aussi jouer à quitte ou double.*

Elle gravit la côte, traversa le parking vide, pensa que le parc serait à eux. La barrière d'arbres était sombre. Comme une frontière avant le passage dans un autre monde.

Une petite voix intérieure murmura. *Kate, prends garde.* Une crainte indistincte. Elle n'aimait pas les endroits déserts, même dans un pays aussi sûr que le Japon.

Yudai était certainement déjà arrivé. Il avait dû installer le pique-nique au même endroit que la dernière fois, près du terrain de base-ball.

277

Elle voulut l'appeler. Son téléphone n'était pas dans son sac.

Elle avait dû l'oublier à Nakano. Dans sa précipitation, elle n'avait pas vérifié.

Elle hésita encore, se traita de peureuse, puis franchit la barrière en bois du parc d'Inbanuma.

Yudai n'était *jamais* en retard. Alors forcément, il était déjà là. Et l'attendait.

Elle allait lui avouer qu'elle s'était servie de lui. Elle espérait de tout cœur qu'il lui pardonnerait. Parce qu'elle comptait aussi lui dire qu'elle aimait tant le Japon qu'elle ne voulait plus le quitter.

*Et le Japon et toi, Yudai, vous vous confondez dans ma tête.*

Estelle Monbrun / Elyane Dezon-Jones
*Meurtre chez Tante Léonie*
*Meurtre à Petite-Plaisance*
*Meurtre chez Colette* (avec Anaïs Coste)
*Meurtre à Isla Negra*
*Le Fantôme du petit Marcel* (avec Stéphane Heuet)

Fred Vargas
*Ceux qui vont mourir te saluent*
*Debout les morts*
*L'Homme aux cercles bleus*
*Un peu plus loin sur la droite*
*Sans feu ni lieu*
*L'Homme à l'envers*
*Pars vite et reviens tard*
*Sous les vents de Neptune*
*Dans les bois éternels*
*Un lieu incertain*
*L'Armée furieuse*

Fred Vargas / Baudoin
*Les Quatre Fleuves*
*Coule la Seine*

Antonin Varenne
*Fakirs*
*Le Mur, le Kabyle et le Marin*

Maud Tabachnik
*Un été pourri*
*La Mort quelque part*
*Le Festin de l'araignée*
*Gémeaux*
*L'Étoile du Temple*

Puisque la lecture d'un grand livre est un dialogue
– comme l'a si bien dit Léon Werth –,
nous vous invitons à le poursuivre
avec un autre titre de notre catalogue :

Chemins Nocturnes

DOMINIQUE SYLVAIN

*B*AKA !

POLICIER

Viviane Hamy

Pour découvrir l'intégralité de notre catalogue :
www.viviane-hamy.fr

Suivez-nous :
www.facebook.com/editions.evh

@ÉditionsVivianeHamy

CET OUVRAGE
A ÉTÉ ACHEVÉ D'IMPRIMER
PAR L'IMPRIMERIE FLOCH
À MAYENNE EN AOÛT 2016

N° d'éd. 293. N° d'impr. 89876
D.L. septembre 2016
(Imprimé en France)